# 河童
**KAPPA**

〔日〕芥川龙之介 著

秦刚 译

上海译文出版社

① 《河童 他二篇》，芥川龙之介著，岩波文库，2003 年版。

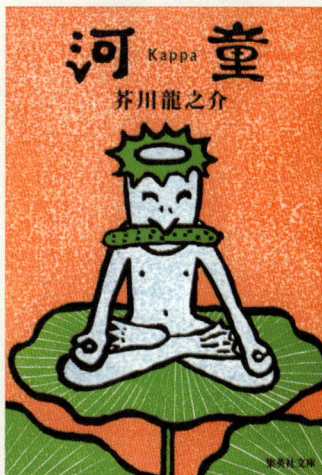

② 《河童》，芥川龙之介著，集英社文库，2008 年版。

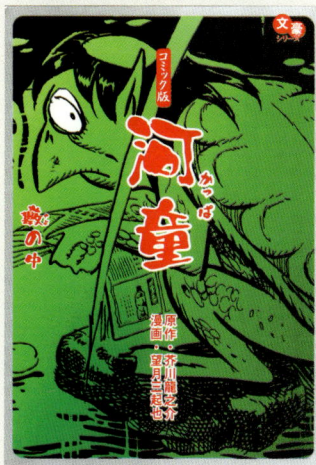

③ 《文豪系列 漫画版 河童》，芥川龙之介原著，望月三起也画，小池书院，2009 年出版。

④《河童·某傻子的一生》，芥川龙之介著，新潮文库，2012年版。

① 《水虎考略》，古贺侗庵编著，1820 年刊。

②歌川国芳《本朝剣道略传》（江户时期）本图由国际日本文化研究中心提供

③歌川芳员《东海道五十三次内小田原》（江户末期）本图由国际日本文化研究中心提供

④丰贞《大新版怪物大全》（明治时期）本图由国际日本文化研究中心提供

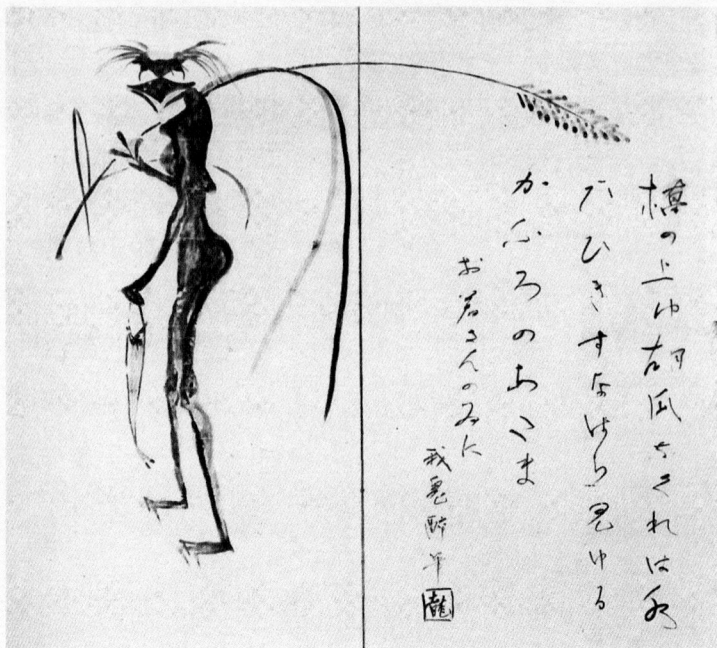

① 《水虎晚归之图》，芥川龙之介画，1922 年，现藏于长崎历史文化博物馆。

②《水虎晚归之图》，芥川龙之介画。
（用于 1927 年 11 月岩波书店出版的《芥川龙之介全集》第四卷）

③ 《水虎晚归之图》，芥川龙之介画。
(原下岛勋藏，收录于小穴隆一著《芥川龙之介遗墨》，中央公论美术出版，1978年9月)

# 目  录

河童 / 1

掉头的故事 / 91

窗 / 107

尾生之信 / 111

南京的基督 / 115

湖南的扇子 / 138

芥川龙之介小说深度阅读推荐篇目 / 161

# 河童

＊请发音为 Kappa。

## 序

这是某精神病院的患者——23 号病人逢人便讲的一个故事。他应该有三十多岁了，但看上去却是个容貌年轻的疯癫者。他半生的经历，——其实那些都是无所谓的。他紧抱着双膝，不时目视窗外（镶着铁栅栏的窗外，一株枯叶落尽的橡树将枝桠伸向了大雪将至的阴沉的天空），面对院长 S 博士和我，喋喋不休地讲起了这个故事。这期间，他也会做出一些动作。比如，当说到"大吃一惊"时，便会突然扭过脸来……

我自认为将他所说的话，非常忠实地记录了下来。如果有人对我的笔记感到意犹未尽的话，不妨自己前去造访东京市外××村的 S 精神病院。看上去比实际年龄年轻些的 23 号病人，一定会毕恭毕敬地深鞠一躬之后，用手指着那把没有坐垫的椅子示意你坐下，然后面带忧郁的微笑，语调平静地开始讲述这个故事。最后，——我始终真切地记得他讲完之后的神情。他在最后会猛然站起身来，挥舞着拳头，向每个人大吼大叫："滚出去！你这个恶棍！你不也是一个愚蠢至极、嫉妒心强、猥琐下流、厚颜无耻、自以为是、残酷自私的动物吗？滚出去！你这个恶棍！！"

一

那是三年前的夏天。我和寻常的登山者一样，身背登山包，从上高地①的温泉旅馆出发，准备攀登穗高

———————————

① 位于日本本州中部长野县西部梓川上流，海拔约 （转下页）

山①。如你所知，要攀登穗高山，只能沿梓川②溯流而上。此前我不仅登过穗高山，还征服过枪岳峰③。因此我连向导都没有带，径自从晨雾霭霭的梓川峡谷开始攀登。晨雾霭霭的梓川峡谷——可是，雾却怎么也不见散，反而越来越浓重。走了一个小时以后，便犹豫着是否有必要先折回上高地的温泉旅馆。但即使折回上高地，也必须等到雾散之后。可是，浓雾却每时每刻都在一分分加重。"好了，索性就登上去吧！"我有了这个念头，所以尽量不离开梓川峡谷，朝着山白竹林的深处走去。

---

（接上页）1 500 米，1934 年后划入中部山岳国立公园。有温泉及大正池等景观，是攀登日本阿尔卑斯山脉的穗高山、枪岳峰的入口，也是著名的避暑胜地。
① 耸立于上高地北部的一群山峰，又称穗高岳。最高峰奥穗高岳海拔为 3 190 米，其他高峰如前穗高岳、北穗高岳的高度也都超过 3 000 米。
② 长野县犀川的支流，发源于穗高山，向南流入上高地的峡谷地带，全长约 60 公里。
③ 穗高岳北侧的日本阿尔卑斯山脉第二高峰，海拔 3 180 米。

　　然而，眼前一切都被笼罩在白茫茫的浓雾之中。偶尔从雾中能看到粗壮的山毛榉或冷杉的枝干上垂着的浓绿的树叶，也时有正放牧的牛马突然出现在眼前。但都是乍一闪现，就随即淹没在了浓雾之中。渐渐地，我开始感到腿脚酸痛、饥肠辘辘。被雾打湿的登山服和毛毯，也沉重得不比寻常。我终于再也坚持不住了，便循着石涧溪流的水声，开始走下梓川峡谷。

　　我在一块水边的石头上坐下来，准备先吃点东西。打开咸牛肉罐头，找来些枯树枝把火生起来，忙活这些事情用了十分钟左右。这期间，恶作剧一般始终不肯散去的浓雾不知何时竟然渐渐消散了。我嚼着面包，看了一眼手表。时间已经是一点二十分。但让我大吃一惊的是，手表的圆形玻璃表盘上，突然映现出一张令人毛骨悚然的面孔。我惊得赶紧扭过头去看，于是——我见到了河童，这时其实还是头一次——在我身后的一块岩石上，有一只和画上一模一样的河童，一只手抱住白桦树的树干，一只手遮在眼睛上，正在好奇地俯视着我。

我愣了一下，身体一时僵住了。河童好像也吃了一惊，遮在眼睛上的手一动未动。霎时间，我纵身跃起，向岩石上的河童猛扑过去。那一刹那，河童也立即开始逃窜。正确的说，是我推测它一定是逃窜了，因为只见它敏捷地一回身，转瞬间就消失得无影无踪。我愈加惊异了，向山白竹林里四下张望，发现河童正在距离我两三米处，作着随时准备逃走的身型回头向我盯望。河童的反应虽然不出所料，但是让我感到意外的，是河童的体肤颜色。它在岩石上望着我的时候，浑身上下都是灰色的。可这时，却通身变成了绿色。我大叫了一声："畜生！"再一次扑向河童。河童也自然转身便逃。此后的约三十分钟里，我穿越竹林、跨越山石，不顾一切地对河童穷追不舍。

　　河童奔跑起来决不比猴子慢。在我拼力追赶时，它的身影几次从我眼前消失。而且我还几次脚下打滑，甚至摔了几跤。幸好，当跑到一棵枝繁叶茂的七叶枫树下时，一头正在放牧的牛挡住了河童的去路。而且，那还是一头牛角粗壮、两眼通红的母牛。河童一见这头母牛，立即发出一声悲鸣，一个跟头翻到了高高的山白竹丛中。我心中大喜，立刻紧追其后。但在那里，一定有一个我根本不知晓的坑洞，当指尖刚触碰到河童光滑的后背时，转瞬间，我就一头栽进了一片黑暗之中。我们人类在这样千钧一发的时刻，内心也会想些不着边际的事情。我在心里"啊"的一声惊叫之后，一下想起上高地的温泉旅馆旁边，有一座桥叫"河童桥"①。然后——然后的事情我一点也记不得了。只是感到眼前有如闪电划过，之后就失去了知觉。

---

　　① 上高地中间地带横跨梓川的一座桥，也是最佳的观景处。

二

当我终于清醒过来的时候，发现自己仰身躺着，被一群河童所包围。一只宽大的嘴巴上架着眼镜的河童，正跪在我身旁，把听诊器放在我的胸口。那只河童见我睁开眼睛，连忙打出手势示意我"安静"，然后对站在身后的河童说道："Quax quax。"于是，两只河童抬着担架走过来。我被抬到担架上，在一群河童的簇拥下，静静地行进了几百米远。两旁的街道，与银座大街①别无二致。同样是在山毛榉树的树荫下，林立着各种店铺的遮阳棚。林荫道上一辆辆汽车往来穿梭。

不多时，抬着我的担架拐进一条窄巷，来到了一户住

①东京中央区著名繁华街。从京桥到新桥贯穿南北，是高档商店与餐厅的密集区。

家的屋子里。据我后来所知，那里是戴眼镜的河童——医生查克的家。查克让我躺在一张干净的小床上，然后让我喝下了一杯透明的药液。我躺在床上，听凭查克的摆布。实际上，我的身体根本动弹不得，每个关节都疼痛异常。

查克每天都要来为我巡诊两三次。我最初见到的那只河童——渔夫巴古，也至少每三天来看望我一次。河童对人类的了解，要远远超过我们人类对河童的了解。这可能是因为，比起我们人类捕获到的河童来，河童捕获过的人要多得多。即便并非都属于"捕获"，也有很多人曾经在我之前，来到过河童国。而且，终生定居在河童之国的人也不在少数。请各位猜猜看，这是为什么呢？仅仅因为我们不是河童，而是人类，就可以享受不劳而食的特权。据巴古说，有一名年轻的筑路工偶然来到河童国，娶了一只雌河童为妻，在这里一直住到死去。当然，那只雌河童不但是这个国家的第一美人，而且哄骗她的筑路工丈夫的手腕据说也高超至极。

一周之后，根据这个国家的法律规定，我作为"特别保护居民"，在查克的隔壁住了下来。我住的房子虽然不大，却修建得十分别致。当然，这个国家的文明与我们人类的文明，——至少同日本的文明是相差无几的。朝向街道的客厅的一角摆放着一架钢琴，墙上装饰着镶在画框里的铜版画。唯一感到不便的是，从房子到桌椅的尺寸，都是按照河童的身量设计的，身居其中，真是有如被关进了儿童房一般。

每到傍晚，我就会在这间房屋里迎接查克或者巴古，向他们学习河童的语言。不只是他们，大家都对我这个特别保护居民感到好奇，就连每天都要请查克测量血压的玻璃公司经理盖路，也来过我的家里。但最初的半个月里，和我相处得最亲近的，还是渔夫巴古。

一个天气和暖的傍晚，我正在自己的房间里和渔夫巴古围着桌子相对而坐。巴古不知出于什么念头，突然间沉默不语，一双眼睛瞪得溜圆，死死地盯住我。我感到莫名其妙，连忙对他说："Quax, Bag, quo quel quan？"
这句话翻译成日语就是："喂，巴古，怎么了？"可是巴
古并没有回答我，而是猛然间站起身来，吐出了长长的舌
头，像只跳跃的青蛙一般做出要猛扑过来的样子。我愈加
感到恐惧万分，赶紧离开椅子站起身，想要飞身跑出房
门。幸运的是正在这时，医生查克出现在门口处。

"喂，巴古，你在干什么？"

戴着眼镜的查克盯着巴古问道。巴古见状，一副诚
惶诚恐的样子，用手反复摩挲着头顶，向查克道歉。

"实在对不起。我觉得这位老板害怕时的样子实在
有趣，因此一时兴起，开了个玩笑而已。还请这位老板
原谅！"


三


在继续讲下去之前，我必须对河童做一下说明。

河童这种动物是否存在，至今都还有许多疑问。但既然我已经住在他们中间，这一点已经毋庸置疑了。那么，河童到底是一种什么样的动物呢？他们的头上当然是有毛发的，手脚上长着蹼这一点，也和《水虎考略》①上的记载基本一致。河童身高大约一米左右，据医生查克说，体重在二十磅到三十磅之间，——据说，偶尔也能看到五十几磅的大河童。他们头上的正中间，长着一块椭圆形的圆盘，而且圆盘会随着年龄的增长变得越来越坚硬。上了年纪的巴古头顶上的圆盘和比较年轻的查克的，摸上去手感就完全不一样。然而，最不可思议的还是河童的肤色。河童不像我们人类有着固定的肤色，他们的肤色随着身体周围的颜色

---

① 江户时期儒学家古贺侗庵编著的河童考证文献集。"水虎"即河童。该书成书于1820年，搜集了日本各地的河童掌故以及日本、中国的文献记录，是关于河童的一部重要的历史文献。

而变化。比如，在草丛中就变成草绿色，在岩石上就变成岩石的灰褐色。当然，也并非只有河童如此，变色蜥蜴也是一样的。或许，河童在皮肤的组织结构上，和变色蜥蜴有相近之处。当发现这一事实时，我想起了曾看过的西部地区的河童为绿色、东北地区的河童为红色的民俗学方面的记述，并且想起了在追赶巴古的时候，他突然间从我的视线中消失的情形。而且河童的皮肤下面似乎有很厚的脂肪，虽然这个地下之国的气温偏低（平均华氏五十度左右），但河童却连衣服也不穿。河童自然也会戴眼镜、随身携带香烟或钱包，但因为他们也像袋鼠一样，腹部长着一个口袋，所以携带那些东西非常方便。唯有他们连腰间也不用东西遮盖一下这一点，让我感到可笑。有一次，我向巴古打听这一习惯的缘由，只见巴古向后仰着身子，哈哈大笑不止，而且还说道："我看你遮掩着，倒是滑稽的很呢！"

## 四

我逐渐掌握了河童日常使用的语言，随之也理解了河童的风俗和习惯。其中，最不可思议的，是他们和我们人类完全南辕北辙的习俗，河童对我们人类认真思考的事情感到可笑，而对我们人类感到可笑的事情却十分认真。例如，我们人类对于"正义"、"人道"等等，是十分认真地去考虑的，可是，河童只要一听到这些词汇就捧腹大笑。也就是说，他们关于滑稽的认识，与我们的滑稽观有着全然不同的标准。有一次，我和医生查克谈起生育控制的话题，没想到查克放声大笑，几乎笑得眼镜都快掉下来。我自然十分生气，质问他到底有什么可笑的。我记得，查克的回答大致是这样的。或许细微之处可能有差错，毕竟那时我还没有完全理解河童的语言。

　　"可是，只考虑父母的方便，那就太可笑了，实在是自私透顶。"

　　然而在我们人类看来，没有比河童的生育更加滑稽的事情了。事实上，不久之后，我就去巴古居住的小屋专门参观了巴古妻子生产的情景。河童生产时和我们人类一样，也是有医生和助产妇来帮忙的。只是临产时，父亲会像打电话一样，嘴巴对着母亲的生殖器大声问道："你到底想不想出生到这个世界上来，仔细想好后，再回答我。"巴古也照例蹲下身子，反复询问了几次这样的话。然后，他用桌子上消毒用的药液漱了口。这时，只听他妻子腹中的孩子似乎多少有些过意不去的样子，小声回答说："我不想出生。首先，我爸爸可能遗传给我的精神病就十分可怕。而且我相信，河童的存在是罪恶的。"

　　巴古听到这样的回答，害羞似的挠了挠头。于是，前来帮忙的助产妇立即将一支粗大的玻璃管子插进巴古妻子的生殖器，向里面注射了一种液体。随之，巴古的妻子如释重负地深呼了一口气，与此同时，原本异常鼓胀的肚子，像泄了气的氢气球一样扁瘪下去了。

河童的孩子既然能够这样回答问题，自然，他们一出生就能走路、说话。据查克说，有一个河童的孩子在出生后第 26 天，就关于神的有无的问题做了演讲。当然，听说这个孩子在出生后第二个月就死掉了。

接着生育的话题，顺便介绍一下我来到这个国度第三个月时，在街头偶然见到的一张大海报。在那张大海报的下端，画着十二三只吹着喇叭或者手持利剑的河童。海报上方写满了河童使用的形似钟表里的弹簧一般的螺旋形文字。将那些螺旋形文字翻译出来，大体是下面这样的意思。细微之处可能有些出入，总之，我是将和我一起走在街上的、还是名学生的叫拉普的河童当时为我大声朗读的内容，逐字记录在笔记本上的。

> 招募遗传义勇队！！！
>
> 号召身体健全的男女河童！！！
>
> 为扑灭恶性遗传因子
>
> 和不健全的男女河童结婚！！！

那时，我自然也对拉普表示，人类绝不会做这种事情。可是，不仅是拉普，围在海报周围的所有河童都咯咯咯笑出声来。

"绝不做这样的事？可是如果按你所讲的，其实你们也做着和我们同样的事情。你说说，为什么你们会有贵族公子爱上女仆，小姐爱上司机的事情？那些都是在有意识地扑灭恶性遗传因子。至少，比起你此前所讲到的你们人类的义勇队，——就是为争夺一条铁路线而相互残杀的义勇队，我们的义勇队不知道要高尚多少呢。"

拉普神情认真地说着，肥胖的腹部却笑得如波浪般一阵阵鼓动。而我哪里还有笑的工夫，这时候正急着要去抓住一只河童。因为我注意到，那只河童趁我不备偷走了我的钢笔。可是，皮肤光滑的河童是很难轻而易举地抓住的。那只河童体态灵活地闪躲开来，一下就蹿出好远，瘦得像只蚊子般的身体向前弓得仿佛要跌倒一般。

五

这个叫拉普的学生和巴古一样，对我十分关照。其中最让我难忘的，就是他将名叫特库的河童介绍给我认识。特库是一位河童中的诗人。诗人都留着长发，这一点和我们人类完全一样。为了消磨时间，我经常去他家里玩儿。特库总是在他不大的房间里摆满各种盆栽的高山植物，他身居其中，有时写诗，有时吸烟，看起来生活得十分逍遥。房间的角落里，坐着一只雌河童（特库是个自由恋爱者，因此没有妻子）正在打着毛线活儿。特库见到我，便会微笑着说道（其实河童的微笑看上去并不怎么舒服，至少我在一开始的时候，总感到有些毛骨悚然。）："噢，来了！来，坐在这把椅子上吧。"

特库经常和我聊些河童的生活、河童的艺术之类的话题。特库认为，再没有比寻常河童的生活更加荒谬的了。生活在一起的父子、夫妻、兄弟都以折磨对方为唯一乐趣。特别是家庭制度，简直荒谬至极。有一次，特库指着窗外，面露憎恶地说道："你看他们有多愚蠢！"

在窗外的大街上，一只年纪尚轻的河童气喘吁吁地走在路上，在他的脖子上悬吊着七八只男男女女的河童，为首的两只看上去像是他的父母。我被这只年轻河童自我牺牲的精神深深打动了，于是对他的顽强毅力表示了赞赏。

　　"哦，看来你在这个国家也完全具备成为市民的资格。这么说，你是一名社会主义者吧？"

　　我自然回答说"qua"（这在河童的语言里表示"是"的意思）。

　　"那么，你也会为了一百个凡夫的利益而不惜去牺牲一名天才的喽？"

　　"那你是什么主义者呢？好像有人跟我说过，特库信仰的是无政府主义……"

　　"你说我吗？我是超人（直译的话，是超河童的意思）！！"

　　特库桀骜地放言道。特库在艺术上也有着独特的见解。特库认为，艺术是不应该受到任何束缚的，纯粹的艺术就是为艺术而艺术的存在。因此，对他来说，一名艺术家首先必须是一个超越善恶的超人。当然，这也并非特库一只河童的想法，特库的诗人朋友们也都基本持有同样的观点。我曾经多次跟特库去过他们的超人俱乐部。超人俱乐部里聚集着诗人、小说家、戏曲家、评论家、画家、音乐家、雕刻家等专业艺术人士，他们每一位都是超人。在灯光辉映的沙龙里，他们总是快乐地交谈着，时而还会得意地展示出各自超人的一面。比如，在栽着巨大的全缘贯众的盆栽之间，一位雕刻家正缠着一只年轻的河童频频卖弄男色。还有一位雌性小说家跳到桌子上，一口气喝下了六十瓶艾酒。不过在喝到第六十瓶时，便一头栽到桌子下面，当即一命呜呼了。

一个月明之夜，我和特库挽着臂弯，从超人俱乐部出来往家走。特库一反常态地消沉起来，变得一语不发。这时，我们正走过一扇映现着灯影的小窗前。窗户里面，一对夫妇模样的男女河童正和孩子模样的两三只河童围坐在餐桌旁共进晚餐。于是，特库叹了口气，忽然对我说道："我一直认为自己是超人恋爱者。可看到这样的家庭场景，还是备感羡慕啊。"

"若是那样的话，岂不是自相矛盾吗？"

可特库却只顾在月光下，双臂交叉在胸前，痴痴地凝视着窗户另一边那五只河童安宁的晚餐。过了一会儿，特库才说道："那张桌子上的荷包蛋，怎么看都比恋爱更加卫生。"

## 六

事实上，河童的恋爱和我们人类相比，实在是大异其趣。当雌性河童看上了一只雄性河童时，为了捉住对方，会不惜一切手段。如果是那种最实在类型的雌河童的话，更会不顾一切地追逐雄河童。我就曾经看到过发疯般追逐雄河童的雌河童。不单如此，去追逐的还不仅是那只年轻的雌河童，连她的父母、兄弟也一起帮着追赶。被追逐的雄河童简直悲惨至极，即便是拼命逃脱，最终幸运地未被逮住，也需要在床上躺上两三个月的时间。有一天，我正在家里读特库的诗集，一只河童突然跑进来，正是那个叫拉普的学生。拉普跌跌撞撞地进门后一头栽倒在地，上气不接下气地说道："可要了命了！我还是被她抱了一下！"

我赶紧丢下诗集，把门锁锁上。从锁孔向外一望，只见一只脸上涂着硫磺粉末的个子矮小的雌河童正在门口张望。拉普自那天以后的几个星期，一直睡在我房间的地板上，而且这期间他的嘴巴也开始溃烂、脱落。

当然，雄河童去拼命追逐雌河童的情形，也不是没有。但那些情形，基本上都源自于雌河童故意设下的圈套，让雄河童不得不去追逐。我碰到过一只正在拼命追逐雌河童的雄河童，只见那只雌河童在逃奔的时候，时不时故意停下来，甚至四肢着地匍匐在地面上。待恰到好处的时候，便装作一副精疲力尽的样子，从而被轻而易举地捉住。我看到的那只雄河童一抱住雌河童，片刻间便翻滚到了一起。当雄河童终于站起身来时，满脸一副无法形容的可怜相，既像是失望，又像是后悔。不过这样已经算是好的了。我还看到过一只身材矮小的雄河童正追逐一只雌河童，雌河童也采用了同样的诱惑式的逃遁方式。正在这时，一只五大三粗的雄河童，从对面的街上喘着粗粗的鼻息走了过来。雌河童不经意间一见到这只雄河童，就大声尖叫着说："不好了！救命啊！那只河童要杀了我！"于是，大个子河童一下子就把矮小的河童抓起来，扔到了大街中间。那只矮小的河童用他长着蹼的双手在空中抓了几下，就断气了。这时候，那只雌河童早已满心欢喜地紧紧搂住了大个子雄河童的脖子。

我所认识的雄河童，几乎无一例外都是被雌河童追逐的一方。就连已有妻室的巴古也被追逐过，而且还有两三次被捉到的经历。只有哲学家马古（他是诗人特库的邻居）没有一次被追的体验。这首先是因为像马古那样相貌丑陋的河童十分少见，再有一个原因，就是马古很少出门，总是待在家里。我也经常去马古的家里闲聊，总是看到他在那间昏暗的房间里点着七彩的玻璃灯，坐在高脚桌前读着一本厚厚的书。有一次，我和他讨论起关于河童恋爱的话题来。

"为什么政府不严格取缔雌河童追逐雄河童的现象？"

"那是因为，首先，在官僚当中雌性河童就很少，雌河童比雄河童的嫉妒心要更加强烈。只要在官僚中雌河童再多些的话，雄河童就一定不会像现在这样被疯狂地追逐了。不过其效力也可能十分有限，不信你看，就连官僚之间，雌河童也是在追雄河童。"

"哦，这样说来，能像你这样生活其实是最幸福的喽。"

马古听了之后，从椅子上站起身来，紧握着我的两手，一边叹息一边说道：

"你不是河童，可能你无法体会。有的时候，我也多么希望被那些可怕的雌河童追求一回啊。"

## 七

　　我经常和诗人特库一起去听音乐会。其中，给我留下深刻印象的，是第三次去听的那场音乐会。剧场里的布置和日本的剧场几乎别无二致。一层层向上高出的座位，坐满了三四百只河童，他们手里都拿着节目单，全神贯注地倾听着演奏。去听这场音乐会时，我是和特库、特库的情人以及哲学家马古一起的，而且坐在最靠前的一排。在大提琴独奏结束之后，一只眼睛细小的河童，漫不经心地抱着一本乐谱登上舞台。正如节目单上所介绍的，他是著名的作曲家科拉巴克。其实，完全不用节目单的介绍，因为科拉巴克是超人俱乐部的成员，他的相貌我是认识的。

　　"Lied（艺术歌曲）——Craback。"（这个国家的节目单一般用德语拼写。）

科拉巴克在热烈的掌声中向我们微微施礼之后，静静走到钢琴前，然后开始行云流水般地弹奏起他自己创作的艺术歌曲。用特库的话说，科拉巴克是这个国家有史以来空前绝后的天才音乐家。我不仅对科拉巴克的音乐，甚至对他的抒情诗也很感兴趣。所以十分专注地倾听着硕大的弓形钢琴里传出来的曲调。特库和马古的陶醉程度更胜于我，只有那只美丽的雌河童（至少，按河童们讲是如此）手里紧紧地攥住节目单，时不时地不耐烦似的吐出长长的舌头。据马古说，大约十年前，她追求过科拉巴克，却没有得手，所以直到现在还与这名音乐家为敌。

科拉巴克倾尽了全部激情，有如在搏斗般弹奏着钢琴。这时，忽然一声"禁止演奏"的声音雷鸣般在全场回响。我被这声音吓了一跳，不由得转过头看去。声音的来源，无疑是坐在最后一排的体格健壮的巡警，当我转回头看时，巡警正悠然地坐在自己的座位上，用更高分贝的声音再一次怒吼道："禁止演奏！"紧接着——

紧接着是一片混乱。"警察粗暴！""科拉巴克，继续弹！继续弹！""白痴！""畜生！""滚回去！""不要屈服！"——各种呐喊声交织着，剧场里座椅纷纷倒下，节目单满场飞舞。不知谁扔出来的汽水瓶、石块、啃过的黄瓜①等纷纷从天而降。我惊呆了，赶紧问特库发生了什么事情，只见他兴奋地站在椅子上喊："科拉巴克，继续弹！继续弹！"不仅如此，特库的情人也似乎忘记了她刚才的那份敌意，和特库一起喊叫着"警察粗暴"。我只好转过来问马古："这是怎么了？"

"这个吗？在这个国家是常有的事。不论绘画，还是文艺……"

---

① 传说中河童爱吃黄瓜。

当有东西飞过来时，马古会稍稍缩一下头，然后继续平静地解释道："不论绘画还是文艺，它们表现的内容是什么，无论是谁都看得明白。所以，在我们国家绝不会对那些东西采取禁止发行或禁止展览的措施。但是有禁止演奏，那是因为，对于听不出音乐好坏的河童来说，即便是再不堪入耳的伤风败俗的曲子，他们也是听不出来的。"

"可是，难道那名巡警听得出来吗？"

"嗯，这倒是一个疑问。大概是他在听刚才的旋律时，想起了和他老婆共枕时的心跳时吧！"

片刻之间，场内的骚乱已经愈演愈烈。科拉巴克端坐在钢琴前，桀骜地转头望着我们。但不管他的态度多么傲然，也不得不躲闪各种横飞过来的东西。因此他的表情每隔两三秒钟便会稍有转换，但还基本保持着大音乐家的威严气度，细小的眼睛里放射着可怕的光芒。而我则为了避开危险，只得把特库当作自己的盾牌，可还是受好奇心的驱使，和马古继续讨论着。

"这样的审查是不是太粗鲁了？"

"什么？应该比任何一个国家都文明。你就看看日本吧，就在一个月前……"

正说到这里，一只空瓶子击中了马古的头顶处。他叫了一声 Quack（这只是个语气词），一下子失去了知觉。


八


不知为什么，我对玻璃公司的经理盖路颇有好感。盖路是一个名副其实的资本家。恐怕在这个国家所有的河童中，长着像他这么大的肚子的，一定再也找不出第二个。当他坐在安乐椅上，左右环绕着容貌如荔枝一般的妻子和形似黄瓜状的孩子时，看起来幸福无比。我时常被法官佩普或是医生查克带着，一起去盖路家吃晚餐。并且拿着盖路开具的介绍信，参观了不少和盖路或他的朋友有些关系的工厂。在这些工厂中，让我最感兴趣的是一家书籍制造公司的工厂。当我跟随一名年轻的河童走进厂房，看到以水力发电为动力的庞大机器时，深深惊叹于河童之国机械工业的先进程度。据说在这里，一年可以制造出七百万册书。但让我惊奇的并不是这个数字，而是制造出这些书根本不用花费任何工夫。在这个国家，制造图书，只需要将纸和油墨以及一种灰色粉末，倒入一台机器漏斗般的开口里面就可以了。那些原料一旦倒入机器中，不需四五分钟，菊版①、四六版、菊半截版等各种版本的图书就制造出来了。我望着瀑布一样倾泻而下的各种图书，回过身来向担任技师的河童询问，那种灰色的粉末到底是什么东西。那位技师

---

① 横竖为菊版开张的四分之一、即 5 寸 × 7 寸 2 分（152 mm × 218 mm）大小的书称菊版。比 A5 版稍大。

一动不动地站在那台黝黑发亮的机器前，不耐烦地答道："这个吗？这是驴的脑髓。嗯，晒干后，碾成粉末就可以用了。市面价格也就两三分钱一吨。"

当然，这样的工业奇迹，并不只体现在书籍制造公司，在绘画制造公司、音乐制造公司也同样发挥着威力。据盖路说，这个国家平均一个月有七八百种新型机器被设计出来，而且无需任何人力便能实现源源不断的大量生产。随之被解雇的工人也不下四五万。然而，即使这样，我每天早晨阅读的这个国家的报纸上，却没见到一个"罢工"的字样。对此，我感到十分奇怪，于是借着一次和佩普、查克一道被邀请参加盖路家晚宴的机会，询问了一下其中的原因。

"他们都被吃掉了。"

饭后的盖路叼着雪茄毫不在意地回答道。"被吃掉"是怎么一回事儿，我一时无法领会。架着眼镜的查克似乎发觉到了我的疑惑，在一旁解释起来：

"把这些工人全部杀掉后，用他们的肉做食物了。你看看这份报纸，本月有 64 769 只工人被解雇了，所以肉的价格也随之下降了。"

"工人不反抗吗？"

"反抗也无济于事，因为有职工屠杀法啊。"

佩普站在一棵盆栽的杨梅前苦着脸说道。我感到有些不自在。但对于主人盖路以及佩普和查克来说，似乎这样的事情都是理所当然的。查克还一边笑一边嘲讽道："这也就等于以国家的方式，省去了让他们自己饿死或自杀的麻烦。只是让他们闻一下有毒气体就解决了，不会很痛苦的。"

"可是，要吃他们的肉……"

"别开玩笑了。这话要是让马古听到了，他不笑死才怪呢。在你们国家，第四阶级家庭出身的姑娘不也去做了妓女吗？对吃工人的肉就要如此愤慨，完全是感伤主义作祟。"

听着我们的谈话，盖路将他手边的三明治盘子推到我眼前，满不在乎地说道："怎么样？你不吃一块吗？这也是工人的肉哦。"

我当然立即回绝了。不仅如此，不顾佩普和查克的阵阵狂笑，我飞奔着跑出了盖路家的客厅。这是一个看不见星星的乌云密布的夜晚。在走回自己住所的漆黑的路上，我翻江倒海地呕吐不止，吐出的污物在黑夜里也泛着白色。

## 九

玻璃公司的经理盖路，是一个待人十分亲和的人。我时常和他一起去他所属的俱乐部度过一个愉快的夜晚。这首先是因为，那个俱乐部要比特库的超人俱乐部让人心情舒畅得多，而且，虽然盖路的谈话没有哲学家马古那样有深度，却让我看到了一个全新而广阔的世界。盖路总是用一只纯金咖啡勺搅拌着杯中的咖啡，快活地和我畅谈各种各样的话题。

一个大雾弥漫的晚上，盖路包围在插着冬玫瑰的花瓶之中和我闲聊。我记得那是在一个装饰成维也纳分离派①风格的房间里，白色桌椅都镶着金边。盖路的脸上洋溢着多于平时的得意笑容，他和我谈起了刚取得了政权成功执政的 Quorax（库奥拉库斯）党的内阁。Quorax 一词不过是个没有任何含义的语气词而已，只能翻译为"噢"。但总而言之，那是一个动辄便以"河童的整体利益"为标榜的政党。

"统领库奥拉库斯党的，是声名显赫的政治家罗培。俾斯麦不是曾经说过'正直是最好的外交'吗？而罗培还将正直同样运用于内政的治理……"

---

① 又译新艺术派。19世纪末至20世纪前期诞生于奥地利的新艺术运动。

　　"可是，罗培的演讲实在……"

　　"唉，你先听我说。那个演讲当然通篇都是谎话。可是，因为谁都知道那是谎话，这岂不就是和正直无异了吗？将其一概视为谎话，那是你们的偏见。我们河童可不像你们那样……但这些都无所谓了，我想说的是罗培的事情，他掌管着库奥拉库斯党，而操纵着罗培的，是Pou-Fou（'普弗'也是没有什么含义的语气词。非要翻译的话，只能译成'啊'）报社经理奎奎。可是奎奎也不能做自己的主，指使着奎奎的正是坐在你面前的本人盖路。"

　　"可是……恕我冒昧。我听说《普弗报》是代表劳动者利益的报纸，他们的经理奎奎怎么可能听从你的指使……"

　　"《普弗报》的记者们当然是代表劳动者的了。可是管理那些记者的是奎奎，而奎奎是必须依靠我的支持的。"

　　把玩着纯金咖啡勺的盖路，脸上依然挂满笑意。看到此时的盖路，和对他的憎恶相比，我更强烈地感到了对《普弗报》记者们的同情。盖路好像从我的沉默中读出了这份同情，他鼓起肥胖的肚子说道："呐，可不是所有的《普弗报》记者都站在劳动者一边的。我们河童在为别人说话之前，首先要为自己着想。……而现在，最糟糕的是，就连我自己也要受制于人。你想知道是谁吗？就是我的妻子啊，美丽的盖路夫人。"

盖路开口大笑。

"那你真是身在福中啊！"

"我是非常满足的啦。这也就是在你面前说，——因为你不是河童，我才在你面前大胆吹嘘的。"

"也就是说，库奥拉库斯党的内阁，实际上是受阁下夫人管制的。"

"也可以这样说嘛。……不过，七年前的那场战争，确实是由一只雌河童引发的。"

"战争？这个国家也发生过战争吗？"

"当然发生过，而且，将来什么时候再发生，也很难说。只要有邻国存在……"

这时我才了解到，河童之国作为国家也并不是孤立存在的。按照盖路的说法，河童总是将水獭作为自己的假想敌。而且，水獭所拥有的军备实力并不比河童逊色。我对这场河童和水獭之间发动的战争产生了强烈兴趣。（河童的劲敌是水獭，这一全新的事实不仅《水虎考略》的作者没提到过，就连《山岛民谭集》的作者柳田国男①也不曾了解。）

"在那场战争发生之前，两个国家都小心翼翼地窥探着对方的动静，不敢有丝毫大意。因为，双方都对对方感到畏惧。这时，来到这个国家的一头水獭去拜访了一对河童夫妇。不巧的是，那位河童妻子正要谋杀她的

---

① 柳田国男（1875—1962），日本民俗学的奠基人。他在1914年出版的《山岛民谭集》第一卷中，集中整理了河童的民间传说。

丈夫，因为她的丈夫不务正业，而且还投了人身保险，这也多少让她感到诱惑。"

"你认识这对夫妇吗？"

"啊，不！我只认识她丈夫。我的妻子认为他是个恶棍，但其实在我看来，与其说是个恶棍，不如说是个害怕被雌河童捉住的有被害妄想的狂人，……他妻子在他的茶杯里放了氰化钾，可偏偏出了差错，让来做客的水獭喝下去了。当然，水獭立即毙命了，接着……"

"接着，战争就打起来了？"

"是的，不巧的是，那头水獭是被颁发过勋章的。"

"是哪一边打赢了这场战争呢？"

"当然是我们国家，369 500 只河童为此英勇阵亡了。但是与敌人相比，这点损失又算得了什么呢？在我们国家能见到的所有毛皮，基本上都是水獭的毛皮。那场战争期间，除了制造玻璃外，我还往阵地上运送过煤渣。"

"煤渣是用来做什么的呢？"

"自然是粮食了。我们河童只要饿了，是什么都能吃下去的。"

"这……请别生气，这对那些阵地上的河童们……这在我们国家会成为一个丑闻的。"

"在本国也是个丑闻，但只要我自己这样认定了，就不会再有人把它当成丑闻了。哲学家马古不是说过吗：'你自己的罪恶要自己去说，说了罪恶就会自行消失。'……何况本人除了利益之外，还是深受爱国心驱使的。"

正在这时，俱乐部的一名招待走了过来，向盖路深施一礼之后，有如朗诵一般地说道："您家的隔壁发生了火灾。"

"火、火灾！"盖路惊慌得站起来，我也马上站了起来。而那个招待不慌不忙地说："火已经扑灭了。"

盖路目送着招待，脸上浮现出一副似哭非哭、似笑非笑的神情。看到他的表情，我不禁感受到了自己对于这位玻璃公司经理发自心底的憎恶。然而，此时的盖路俨然已经不像一个大资本家，而不过是一只普通的河童站在那里。我从花瓶中取出一支冬玫瑰，递给盖路。

"火虽然扑灭了，阁下的夫人一定受了惊吓。请把这支花带回去吧。"

"谢谢！"

盖路握住了我的手，忽然抿嘴一笑，小声对我说："隔壁是我用于出租的房子，我至少能拿到一笔火灾保险。"

我至今依然清楚记得当时盖路脸上的微笑，那种微笑既让人无法轻蔑，也让人无法憎恨。

十

"怎么了？今天怎么又是闷闷不乐？"

火灾发生的第二天,我叼着香烟,对坐在我客厅椅子上的学生拉普问道。拉普正左脚搭右脚地跷着二郎腿,呆呆地盯着地板,嘴巴溃烂得几乎已经看不清形状。

"拉普,你到底怎么了?"

"没、没什么,一些无聊的事而已……"

拉普终于把头抬了起来,用带着悲伤的鼻音说道:"我今天从窗户向外看时,无意中嘟囔了一句'捕虫堇开花了',结果我妹妹马上和我翻了脸,大发脾气地说:'反正我就是捕虫堇!'再加上我妈又宠着她,也一起向我发起攻击。"

"就说了句捕虫堇开花了,怎么会惹到你妹妹呢?"

"哎,大概被理解成捕捉雄河童的意思了吧。就连和我妈平时不对付的姨妈也加入到吵架的行列,结果越吵越凶。每天烂醉如泥的父亲听到后,不问青红皂白就大打出手。这还没完,我弟弟趁机偷了我妈的钱包去看电影了。我……我真是快要……"

拉普将脸埋在两手中，无声地哭泣着。我理所当然地同情他的同时，想到了诗人特库对家庭制度的鄙夷。我拍了拍拉普的肩膀，尽量去安慰他。

"这样的事情是很常见的，还是要打起精神来。"

"可是……要是我的嘴巴不烂的话……"

"那也是没办法的事情。好，我们去特库家吧。"

"特库瞧不起我，因为我不像他那样敢于大胆放弃家庭。"

"那我们去科拉巴克家吧。"

自从那次音乐会以后，我和科拉巴克成了朋友。最后我还是带着拉普去了这位大音乐家的家里。科拉巴克过得要比特库奢华许多，但也并非像资本家盖路那样奢侈。只是他收藏了很多古董，塔那格拉的陶偶①、波斯

---

① 塔那格拉为古希腊的城市，该城古墓中出土的陶偶，是希腊风格工艺品的杰作。

的陶瓷等摆满了屋子。屋子中间摆放着土耳其风格的长椅,科拉巴克总是在他本人的肖像下,陪他的孩子们玩耍。但今天不知是什么原因,他双臂交叉在胸前,苦着脸坐在那里。而且,脚下还撒落了一地的纸屑。拉普经常和诗人特库一起来拜访科拉巴克,但此时,他也好像有些畏惧的样子,规规矩矩地行过礼后,便坐到房间的一角去了。

"你这是怎么了?科拉巴克先生。"

我用这样的问话,代替了跟这位大音乐家的寒暄。

"怎么了?这些白痴的评论家们!他们竟然说我的抒情诗无法和特库相提并论。"

"可是,您是位音乐家啊……"

"如果仅仅如此还可以忍受。他们还说我和罗库相比,有辱音乐家之名。"

罗库是经常会被拿来和科拉巴克比较的音乐家。不巧的是,他并不是超人俱乐部的会员,所以我没有和他交谈过，只是经常看到他的照片。他总是把尖尖的嘴向上噘起，一副很有个性的样子。

“罗库无疑也是个天才，但是他的音乐里，没有你的音乐里洋溢着的现代的激情。”

“你真的这样认为吗？”

“是的。”

科拉巴克忽然站了起来，抓起一个塔那格拉的玩偶用力摔到地上。拉普吓得发出一声尖叫，随后马上准备逃走的样子。此时，科拉巴克向拉普和我做出了“别紧张”的手势，语调冷峻地说道：“这是因为你的耳朵也和那些俗人的一样，我其实一直十分畏惧罗库。……”

“你？不必假装谦虚啦。”

“谁假装谦虚？在你们面前装，那还不如在评论家面前装呢。我科拉巴克是个天才！在这一点上，我是不惧怕罗库的。”

“那你还有什么可畏惧的？”

"我畏惧的是一种不可知的东西，——是支配着罗库的星座。"

"我实在有些听不懂你说的是什么。"

"我这样说你可能就明白了。罗库不会受我的影响，而我却不自觉受到他的影响。"

"这是因为你的感受性比较……"

"你听我说，这不是感受性的问题。罗库总能够安于去做那些只有他才能做的事情，可我却总是心浮气躁。也许在罗库看来，我和他只有一步之遥，可对于我来说，简直差之千里。"

"但毕竟，你的英雄交响曲……"

科拉巴克眯起了原本就很小的眼睛，懊丧地瞪着拉普。

"闭嘴！你知道什么？我了解罗库，我比那些对他低三下四的走狗还要了解他。"

"还是冷静一下吧。"

"如果能够冷静的话，……我一直在想，一定有我所不知道的存在，为了嘲笑我科拉巴克，故意将罗库摆在我面前。对于这种事情，哲学家马古是最清楚不过的，尽管他总是在那盏彩色玻璃灯下读那些旧书。"

"为什么这么说呢？"

"你不妨看一下马古最近写的《痴人之言》这本书。"

科拉巴克递过来一本书，——准确地说是扔过来的。然后又交叉着双臂，粗暴地说道："你们先回去吧！"

我和再次消沉下去的拉普重又一起走到了大街上。人来人往的街道两旁的山毛榉的树阴下，林立着一家家的店铺。我们默默无语地走着，恰巧碰到了正路过此处的长发诗人特库。特库一看到我们，便从腹袋中拿出毛巾，频频地擦拭额头。

"啊，有些日子没见了！我今天去拜访了一下好久未见的科拉巴克。……"

为了避免让艺术家之间发生无谓的争吵,我委婉地将科拉巴克现在心情不好的信息传达给了特库。

"是吗,那还是不要去了。科拉巴克的确是患有神经衰弱。……其实我这两三周也因为睡不着觉而痛苦不堪。"

"那就和我们一起去散散步,怎么样?"

"不,今天我就不去了。哎呀!"

特库突然惊叫起来,一下子抓住了我的胳膊,而且他全身直冒冷汗。

"你怎么了?"

"你这是怎么了?"

"噢!我好像看见从那辆车的车窗里,伸出一只绿猴子的脑袋。"

我有些担心,于是劝他去医生查克那儿看看。可是不管怎么劝,特库也没有答应的意思。不仅如此,他一边疑虑重重地观察着我们的神情一边说道。

　　"我绝对不是无政府主义者。这一点请一定要记住。——那就再见吧。查克那里我是决不会去的。"

　　我们呆呆地站在那里，目送特库远去。我们——不，实际上不是我们。学生拉普不知何时站在大街中间岔开了两腿，大头朝下地低着头从两腿中间观察着往来的车辆和路人。我以为这只河童也一定发了疯，急忙把他拽起来。

　　"开什么玩笑？你要干什么？"

　　拉普却一边揉着眼睛，一边出人意料地从容回答道："啊，我实在太郁闷了，所以想颠倒过来看看这个世界。可结果却是一样的！"


十一


　　这是哲学家马古的著作《痴人之言》几个章节的

文字。——

*

白痴总是相信除了他自己之外，所有人都是白痴。

*

我们热爱大自然，其实和大自然不会憎恶我们、不会嫉妒我们不无关系。

*

最明智的生活方式，是在鄙视同时代的习俗的同时，而又不去破坏它，做到与之共存。

*

最让我们自豪的，往往不过是我们所没有的东西而已。

*

任何人对于打破偶像，都不会持有异议，同时，任何人对于想要成为偶像，也都不会持有异议。但是，能够稳坐于偶像宝座上的，一定是受到神灵格外眷顾的。——要么是白痴，要么是恶棍，要么是英雄。（科拉巴克在此章的文字上留下了抓过的爪痕。）

*

对于我们的生活所必要的思想，可能早在三千年前就已无所不备了。我们仅仅是在旧柴堆上添加些新火苗而已。

*

我们的特色，在于我们常常超越自己的意识。

*

如果说幸福往往伴随着痛苦，和平常常伴随着倦怠，那么……?

*

为自己辩护，远远比为他人辩护更为困难。不信的话可以去看看那些律师。

*

自大、情欲、多疑——三千年来，所有罪恶都源于此三者。同时，恐怕所有的道德也是如此。

＊

减少对物质的欲望，未必一定能够带来和平。而若想求得和平，我们必须减少精神上的欲望。（科拉巴克也在此章的文字上留下了爪痕。）

＊

我们比人类还要不幸。因为人类没有进化到河童的程度。（看到此处时，我不禁笑出声来。）

＊

所做之事也就是能做之事，能做之事也就是所做之事。我们的生活，根本无法摆脱这种循环论。——因此，也始终是不合理的。

＊

当波德莱尔癫狂之后，他将自己的全部人生观归结为一个词汇——"女阴"。但他的天才之处，毋宁说是他忘记提到一个词，让他的天才，让他足以维持生活的诗歌天才所深深信赖，而终于彻底遗忘的"胃口"。（这一章也同样留有科拉巴克的爪痕。）

＊

如果以理性为始终的话，无疑，我们必须否定我们自身的存在。将理性奉为神明的伏尔泰在幸福中终结了他的人生，这正是人类不如河童进步的明证。

十二

那是一个比较寒冷的午后，我因为读倦了《痴人之言》，想要出门去拜访哲学家马古。在一条寂静街巷的角落里，我看到一只瘦得像只蚊子一样的河童，正呆呆地倚靠着墙根儿。而且确定无疑他正是那只曾经偷走了我的钢笔的河童。我心中暗喜，马上叫住了一位碰巧从这里路过的身材魁梧的巡警。

"请快去审问一下那只河童，他一个月前偷走了我的一支钢笔。"

巡警举起右手上的棒子（这个国家的巡警不佩刀，而是举着一根水松木的棒子。），"喂，你过来！"他向那只河童喊道。我以为那只河童一定会撒腿逃走，可他却格外镇定地走到巡警面前，而且交叉着双臂，傲慢地打量着我和巡警的脸。巡警并没有发火，他从腹袋里掏出笔记本，开始审问起来。

"你叫什么名字？"

"古路克。"

"职业？"

"直到两三天前，还是一名邮递员。"

"好吧。根据这个人的陈诉，你偷了他的钢笔，是吧？"

"是的，一个月前偷的。"

"为什么？"

"因为想拿给孩子当玩具。"

"那孩子呢？"

巡警开始用一种锐利的目光盯住那只河童。

"一个星期前死了。"

"你带死亡证明了吗？"

干瘦的河童从腹袋里拿出一张纸来。巡警接过来看了看，便微笑着拍了拍他的肩膀。

"好了。你辛苦了。"

我惊得呆住了，一直盯着巡警的脸。这时，那只干瘦的河童嘴里不停地嘀咕着什么，大摇大摆地走远了。我这才缓过神来，赶紧质问那名巡警。

"为什么不把他抓住？"

"那个河童没有罪。"

"可是他偷走了我的钢笔……"

"他不是说，是为了拿给孩子当玩具吗？而且那个孩子已经死了。如果您有任何怀疑的话，可以查一下刑法第一千二百八十五条。"

　　巡警说完这句话，头也不回地径自走开了。我毫无办法，只好在嘴里反复念叨着"刑法第一千二百八十五条"，匆匆向马古家里走去。哲学家马古十分好客，这时，在他那微暗的房间里，聚集着法官佩普、医生查克和玻璃公司经理盖路，他们正在七彩玻璃灯下吞云吐雾。法官佩普在场对我来说可是求之不得的，因此坐下后，我便马上询问佩普关于刑法第一千二百八十五条的事情。

　　"佩普先生，这样说可能有些失礼，难道这个国家的罪犯不受惩罚吗？"

　　佩普吸了一口金色过滤嘴的香烟，悠然地吐出烟雾后，有些不以为然地回答道："当然是要受到惩罚的，严重的还要执行死刑呢。"

　　"可是我在一个月前，……"

　　我详细讲述了事情的经过之后，询问刑法第一千二百八十五条是怎么回事。

"噢，是这样的内容——'不论任何一种犯罪行为，当使之发生的事由消失之后，便不得惩罚该犯罪者。'就拿你这件事来说吧，那个河童曾经是一位父亲，但他现在已经不是了，他的罪责也就自然而然地消失了。"

"这太不合理了。"

"别开玩笑了，把曾经是父亲的河童和现在是父亲的河童一同看待，那才不合理呢。这么说来，在日本的法律里是视为同等的喽？在我们看来那才滑稽呢！哈哈哈哈，哈哈哈哈。"

佩普抛掉烟蒂，脸上泛着不经意的微笑。这时，本来和法律毫不沾边的查克开腔了，他扶了扶眼镜的鼻梁处，向我问道："日本也有死刑吗？"

"当然有，日本执行的是绞刑。"

我对佩普的冷漠有些反感，正好趁机挖苦他一下。

"这个国家的死刑，一定比日本要文明得多吧？"

"当然要文明多了。"

佩普依旧冷静地应对着。

"我们国家是不用绞刑的。极少情况下使用电刑，但是一般情况下电刑都不必用，只要让罪犯听到他们自己的罪名就可以了。"

"只是这样，河童就死了吗？"

"当然死了。我们河童的神经结构可比你们纤细得多了。"

"不仅是死刑，有的时候也会将这种方法用于杀人。"

盖路和善地微笑着说，在彩色玻璃的映照下，他的脸泛着紫色。

"我这段时间被一名社会主义者说了句'你是个强盗'，就差点导致我心脏麻痹发作。"

"这样的事好像时有发生。我还知道一位律师也是这样死掉的。"

我将视线转向插了这句话的哲学家马古身上。马古一如平常那样，脸上泛着嘲讽似的笑容，谁也不看地自顾自说道。

　　"那只河童被说成是青蛙。你一定是知道的，在这个国家被称作青蛙，就等于是'人非人'的意思。他每天都在想：我是青蛙吗？我不是青蛙吗？最后终于忧愤而死。"

　　"也就是说，是自杀对吧？"

　　"但是说他是青蛙的那个家伙，可是为了杀死他才那样说的。如果在你们看来，这也属于自杀的话……"

　　马古正说到这里，突然从隔壁房间，——应该是从诗人特库的家里，传来一声刺耳的、在空气中震荡着的枪声。


十三


　　我们马上来到特库家，只见特库右手握枪，头顶的圆盘流着鲜血，仰天躺倒在盆栽的高山植物之中。一只雌河童将脸埋在他胸前高声啼哭。我将雌河童搀扶起来（其实我并不喜欢触碰河童黏糊糊的皮肤），问道："这究竟是怎么回事？"

"我也不知道是怎么回事。他正在那儿写东西，突然就拿起枪朝头上开了一枪。哎呀！我可怎么办啊？qur-r-r-r-r，qur-r-r-r-r。"（这是河童的哭泣声。）

"不管怎样，特库太任性了。"

玻璃公司经理盖路悲伤地摇着头，对法官佩普说道。佩普则无语地点燃了一支金色过滤嘴香烟。这时，一直在检查特库伤口的查克用一种医生特有的口吻向我们五个人（其实是一个人和四只河童）宣布："已经没有希望了。特库本来就有胃病，这一点就很容易让他陷入忧郁。"

"不是说他好像写了什么吗？"

哲学家马古似乎想要为特库辩解似的自言自语地

说，随后，他拿起桌上的一张纸。我们也随着伸过头去（除我之外），隔着马古宽厚的肩膀，所有的视线都聚焦在那一张纸上。

"别了，我将出发，走向那与俗世隔绝的山谷。

走向那丛岩陡峭、山泉清冽，

飘溢着药草花香的山谷。"

马古转过头来，对我们苦笑着说道："这首诗剽窃了歌德的《迷娘之歌》。如此看来，特库的自杀也可能源于身为诗人的疲惫。"

这时，音乐家科拉巴克恰好开车路过这里，当他看到屋里的光景后，片刻间惊呆在门口。随后，他走到我们面前，愤怒地质问马古："那是特库的遗书吗？"

"不，是他最后写下的诗。"

"诗？"

始终保持着镇静的马古，将诗稿递给了头发倒竖着的科拉巴克。科拉巴克接过诗稿，目不转睛地阅读起来，对马古的询问也不再理会。

"你对特库的死是怎样看的？"

"别了，我将出发……，我自己也不知道什么时候就会死去的，……走向那与俗世隔绝的山谷。……"

"你不是特库的好友之一吗？"

"好友？特库总是那么孤独。……走向那与俗世隔绝的山谷。……特库不幸的是，……丛岩陡峭……"

"不幸的是？"

"山泉清冽……，你们都很幸福！……丛岩陡峭……"

我十分担心一直在哭的雌河童，便悄悄搂住她的肩，把她带到房间一角的长椅上。长椅上一只只有两三岁的小河童，对所发生的一切全然不知，还天真地笑闹着。我代替他的母亲哄了哄这个孩子，不知不觉眼睛就湿润起来。这是我来到河童国后，唯一的一次流泪。

"和这样任性的河童一起生活，家人也真够可怜的。"

"是啊，一点儿也不考虑后果。"

法官佩普又重新点燃了一支烟，回应着资本家盖路。突然，音乐家科拉巴克的喊声让我们大吃一惊。科拉巴克手里攥着诗稿兀自大声喊叫："太好了！一篇出色的送葬曲问世了！"

科拉巴克细小的眼中目光闪亮，匆匆和马古握了一下手后，冲出了房门。这时候，左邻右舍的河童邻里都聚到了特库家门口，正好奇地往屋里观瞧。科拉巴克横冲直撞地将他们推开，敏捷地跳上了车。只听发动机一声咆哮之后，汽车转眼间就没了踪影。

"喂，喂，别看了。"

法官佩普代行着巡警的职责，将一群邻里的河童推出门外后，关上了房门。房间里立刻变得鸦雀无声。我们在一片寂静之中，——在高山植物的花香和特库的鲜血的腥味儿混杂着的空气中，谈论着如何办理后事。只有哲学家马古直盯盯地望着特库的遗骸，呆在那里不知在想些什么。我拍了拍马古的肩，问他："在想什么呢？"

"在想河童的生活。"

"河童的生活怎么了？"

"我们河童无论如何，为了能够完结河童的生活……"

马古有些羞怯地喃喃补充道："总而言之，都需要对我们河童之外的某种力量深信不疑。"

## 十四

马古的话，激起了我对宗教的兴趣。我是一个唯物主义者，从来没有认真思考过宗教的问题。也许因为特库的死让我深有感触，我产生了想了解一下河童的宗教的念头。我马上向学生拉普询问了这个问题。

"包括基督教、佛教、伊斯兰教、拜火教等等，我们这里都有。但是其中势力最大的，是现代教，也称为生活教。（'生活教'的译法可能也不准确。其原词为quemoocha，cha 应该是英语 ism 的意思。quemoo 的原形quemal 不仅有'活着'之意，还包括'吃饭、饮酒、交合'的意思。）"

"这么说，这个国家也有教堂或寺院了？"

"开玩笑！现代教的大寺院可是本国第一大建筑。怎么样，带你去参观参观？"

一个微热的阴天的下午，拉普兴致勃勃地陪我来到了这座大寺院，这里有尼古拉教堂①的十倍大，并且综合所有建筑式样于一体。当我们站在这座大寺院前，眺望着它的高塔和穹顶时，不禁有种异样的感觉。那些高塔和穹顶看起来犹如无数伸向天空的触爪一般。我们站在寺院的巨大的玄关前（和玄关相比，我们显得何其渺

---

① 位于东京市神田区骏河台的东正教教堂，1891 年建成。

小!），仰视着这座与其说是建筑，莫不如说是骇世惊俗的怪物般举世无双的寺院。

寺院的里面也十分宏伟，高耸的科林斯式圆柱之间，参拜者成群结队地走过。他们看起来也同我们一样，显得异常渺小。这时，我们遇到了一位驼着背的河童，拉普向他低头行礼之后，恭敬地问候道："长老，您身体如此健康，真令人高兴。"

那只河童也施礼之后，亲切地回应道："这不是拉普先生吗？你也很好吧？——（说到这里时，语气稍有停顿，可能是他发现拉普的嘴溃烂了。）啊，不管怎么说，你看起来还算健壮。今天怎么想起来……"

"我今天是陪着这位先生一起来的，这位先生您可能早有耳闻，……"

接着，拉普便滔滔不绝地讲起我的事情，可是听起来，又似乎像是在为自己很少到大寺院来在做辩解。

"那么，就请您帮忙做一下向导吧。"

　　长老豁达地微笑着，和我寒暄之后，平静地指着正对面的祭坛说："我来做向导，恐怕也帮不上什么忙。我们这些信徒前来礼拜的，就是正对面的祭坛上的'生命之树'。你看，'生命之树'上结着金色和绿色的果实。金色的代表'善之果'，绿色的代表'恶之果'。……"

　　听这些讲解时，我开始感到无聊，长老的热心解说，听起来如同古老的比喻一般。我当然要装作一副很专注的样子，但还是忍不住移开视线，去留心观察寺院里面的景观。

　　科林斯式的圆柱，哥特式的穹顶，阿拉伯风格的方格花纹的地板，维也纳分离派风格的祈祷桌，……这些东西搭配出来的协调之中，带有一种奇特的野蛮之美。这时，两侧神龛中的大理石半身像吸引了我的视线。他们让我有一种似曾相识之感。这并不奇怪。就在驼着背的河童介绍完"生命之树"后，便将我和拉普领到右侧的神龛前，指着其中的半身像讲解起来：

　　"这是我们的圣徒之一——反叛世间一切的圣徒斯特林堡①。这位圣徒在尝尽各种磨难后，据说受到斯威登堡哲学的启发得到了救赎。但事实上，他并没有得到拯救。这位圣徒也和我们一样，信仰生活教。或者说他只能如此，你可以读一下他留给我们的《传说》一书。他坦白过自己是一个自杀未遂者。"

　　我感到有些郁闷，便将目光移向下一座神龛。下座神龛中的半身像，是一位胡须浓重的德国人。

　　"这是《查拉图斯特拉如是说》的作者诗人尼采。这位圣徒向他自己创造出的'超人'寻求救赎，但他也没有得到拯救，就发疯了。如果不是他发了疯，也许就不会被列入圣徒行列之中了。……"

　　长老沉默片刻后，走到了第三个神龛前。

---

① 斯特林堡(1849—1912)，瑞典剧作家、小说家。1898年完成的自传体小说《传说》回顾了自己的精神危机和失败的婚姻，坦承曾经自杀未遂。

　　"第三位是列夫·托尔斯泰，这位圣徒付出的苦行无人能及。因为他出身贵族，因而不喜欢将自己的痛苦作为公众和好事者的谈资。这位圣徒一直努力让自己相信他本不信仰的基督教，甚至公开声称自己信仰基督教。可是到了晚年，他再也无法忍受自己的谎言。这位圣徒也因时常对书房里的房梁备感恐惧而出名。但既然进入到圣徒的行列，当然，他并没有自杀。"

　　第四个神龛中的半身像是我们日本人。当我看到他的面孔时，不由得备感亲切。

　　"这位是国木田独步①，是一位对死于车轮下的脚夫的心情有真切了解的诗人。对他，我想不需要再做更多的介绍了。来看看第五个神龛吧。"

---

① 国木田独步（1871—1908），诗人、小说家。日本自然主义文学的先驱者。"死于车轮下的脚夫"出自国木田独步的《穷死》。这篇小说描写了一名身患肺病的脚夫因生活困顿而卧轨自杀。

"这不是瓦格纳吗？"

"是的。他是一名革命家，却曾经是国王的朋友。圣徒瓦格纳晚年的时候，甚至一直坚持餐前的祈祷。其实说他是基督徒，不如说他是一名生活教的信徒。据他遗留下来的信函上记载，尘世之苦曾经让这位圣徒多次来到死神面前。"

这时，我们已经站在第六个神龛的前面了。

"这位是圣徒斯特林堡的朋友，曾是一名商人的法国画家保罗·高更，他抛弃了为他养了许多孩子的妻子，娶了一名塔希提岛的十三四岁的女孩儿为妻。这位圣徒的粗大血管里流淌着水手的鲜血。你看他的嘴唇，上面还存留着砒霜之类的东西。第七个神龛里，……看起来你已经很累了，那我们就从这里出去吧。"

我实在有些疲劳了，便和拉普一起跟随长老穿过一条香气弥漫的走廊，走进了一个房间。这个房间很小，屋角摆放着黑色的维纳斯雕像，下边供奉着一串山葡萄。我原本想象的是没有任何装饰的僧房，因此，房间里的陈设让我感到意外。长老好像看出了我的心思，在引我们落座之前，略有些尴尬地解释道："请不要忘记我们的宗教是生活教。我们的神——'生命之树'教诲我们的，是'旺盛地生活'。……拉普，你让这位先生看过我们的圣书了吗？"

"没有，……其实我自己也没怎么读过。"

拉普搔了搔头顶的圆盘，老老实实地回答。长老却依然平静地微笑着说道："那么，你们可能不知道吧，我们的神是在一天之内创造了这个世界的（'生命之树'虽说是树，却无所不能），神创造了雌河童，雌河童耐不住寂寞，乞求神赐予她伴侣。于是，神大发慈悲，取出雌河童的脑髓创造了雄河童。我们的神又为这两只河童送上了这样的祝福，'吃吧！交合吧！旺盛地生活吧！'"

长老的话，让我不由得想起特库。不幸的是，他和我一样都是无神论者。我不是河童，因此不了解生活教完全在情理之中。可是生长在河童国的特库，自然应该知道"生命之树"。我对没有遵循教义的特库感到由衷的同情，便将话题转到了特库身上。

"啊，是那个可怜的诗人吧。"

长老听了我的话，深深叹了口气。

"决定我们命运的，是信仰、境遇和偶然（当然，在你们那儿也许还要加上'遗传'），特库先生的不幸，正在于他没有信仰。"

"特库一定很羡慕您吧。其实我也很羡慕。拉普还比较年轻……"

"我的嘴如果不是现在这样的话，我会比现在更乐观一些。"

长老听完我们的话，又发出了一声长长的叹息。他眼里噙着泪水，默默注视着黑色的维纳斯雕像。

"事实上，我也——这可是我的秘密，请不要告诉任何人。——其实，我也并不相信我们的神。可不知何时起，我的祈祷……"

长老的话刚说到这里时，房门突然被推开了，一只强壮的雌河童猛然间扑向了长老。我们都立即迎上去想抱住雌河童，可是，她还是眨眼之间就把长老摔倒在地。

"你这个老东西！今天你又从我的钱包里偷了酒钱，是不是？！"

大约十分钟后，我们逃命似的告别长老夫妇，走出了大寺院的玄关。

"这么看来，那位长老其实也是不相信'生命之树'的。"

默默走了一会儿后，拉普这样对我说。我没有马上回答他，而是不由自主地回过头去，又看了看身后的寺院。大寺院的一座座高塔和穹顶，像无数触爪般伸向阴沉的天空，有如沙漠的天际中的海市蜃楼一般阴森恐怖。

## 十五

　　大约一周之后，我无意中听到医生查克讲起一件怪事，诗人特库家里出现了幽灵。他家里的雌河童早已不知去向，我们的朋友诗人特库的家已经被改装成了摄影师的工作室。据查克说，在这个摄影室拍摄出来的照片中，特库的身影总会隐约地出现在顾客身后。查克也是一位唯物主义者，自然不相信人死后的灵魂之说。讲起这件事的时候，他也是一脸恶意的坏笑，煞有介事地补充说："看来灵魂这东西也不过是物质性的存在罢了。"我也不相信什么灵魂，在这一点上我和查克的观点一致。但因为对诗人特库有一份特别的亲近感，于是赶紧跑到书店，买来了刊载特库灵魂的报道以及特库灵魂照片的报纸和杂志。果然，从照片上看，确实有一只貌似特库的河童，在男女老少的河童身后若隐若现。但让我吃惊的并不是这些幽灵的照片，而是那篇关于幽灵的报道。——特别是灵魂学协会的那篇关于特库幽灵的报告。我尽可能地逐字逐句将其翻译出来，以下便是大致的内容。括号中的内容，是我自己加上的注释。

### 关于诗人特库先生的幽灵的报告

（灵魂学协会杂志第 8274 号刊载）

本灵魂学协会在此前自杀的诗人特库的故居、现为××摄影师的工作间××街第 251 号召开了临时调查委员会。出席会员名单如下（姓名略）。

本会十七名会员及灵魂学协会会长别库先生一行，于九月十七日上午十点三十分，与我们最信赖的豪普夫人相伴，聚集于该工作室。豪普夫人一进入工作室，旋即感受到室内有幽灵之气，全身剧烈痉挛，导致呕吐数次。据夫人所言，这是由于诗人特库生前酷爱吸烟，因此其幽灵之气含有尼古丁的缘故。

我等会员同豪普夫人肃然围坐在圆桌四周。大约三分二十五秒之后，夫人陷入深度梦游状态，随即诗人特库之灵魂附于夫人身上。我等会员按年龄的高低次序，逐一向依附于夫人身上的特库的灵魂发问。

问：你的灵魂为什么出现？

答：因为我想知道自己死后的名声如何。

问：你——或者已在他界的诸位，难道死后还依然在意自己的名声？

答：至少我无法不在意。尽管我邂逅到的一位日本诗人，对于死后的名声十分轻蔑。

问：你知道那位诗人的名字吗？

答：不幸的是我忘记了。只记得他自己得意的十七字诗①的诗作一首。

---

① 指日本的短诗形式俳句，由五七五格式的十七字音构成。

问：是哪一首？

答："悠悠古池畔，一只青蛙跳下岸，水声轻如幻。"①

问：你认为这首诗是佳作吗？

答：至少我认为它不是拙劣之作。只是如果把"青蛙"
    改为"河童"，将会更加光怪陆离。

问：那又是什么缘故？

答：因为我们河童对于一切艺术，都痛切追求河童的自
    我表现。

　　此时，会长别库先生提醒我等十七名会员，这次是
灵魂学协会的临时调查委员会，而并非评议会。

问：冥界诸位的生活如何？

答：与诸位的生活无异。

问：那么，你会为自己的自杀而后悔吗？

---

① 松尾芭蕉的著名俳句。俳句的翻译部分采用了王树藩先生
　的译文。

答：并不后悔。如果我厌倦了冥界的生活，还可以拿出
手枪"自活"。

问：自活很容易做到吗？

特库的灵魂用问话的方式回答了这句问话。了解特
库的都知道这是他十分自然的应对方式。

答：自杀难道很容易做到吗？

问：诸位的生命是永恒的吗？

答：关于此界生命之说，众说纷纭，不可相信。所幸在
我等中间，也有基督教、佛教、伊斯兰教、拜火教
等诸般宗教的信仰存在。

问：那你相信的是什么？

答：我始终是怀疑主义者。

问：但你一定对灵魂的存在确信不疑吧？

答：我无法像诸位那样对此确信不疑。

问：你的交友情况怎样？

答：我的交友可谓跨越古今东西，不下三百人之多。其

中不乏知名人士，例如克莱斯特①、迈兰德②、魏宁格③……

问：你交的朋友怎么都是自杀者？

答：也不全是。比如为自杀者辩护的蒙田也是我的畏友之一。但我与不自杀的厌世主义者叔本华之流从无交往。

问：叔本华还健在吗？

答：眼下他创立了灵魂厌世主义学说，正在论证可否允许自活的问题。当他了解到霍乱也属于细菌传染病后，便颇为安心。

我等会员相继询问了拿破仑、孔子、陀思妥耶夫斯

---

① 克莱斯特(1777—1811)，德国剧作家、小说家。在柏林郊外杀死身患绝症的女病友后举枪自杀。
② 迈兰德(1841—1876)，德国哲学家，深受叔本华的影响，倡导厌世主义哲学，35岁时自杀身亡。
③ 魏宁格(1880—1903)，奥地利思想家，主要著作《性与性格》出版数月后，开枪自杀。

基、达尔文、克丽奥佩脱拉①、释迦牟尼、狄摩西尼②、但丁、千利休③等人在冥界的近况。但特库并未给予详细的回答，反而询问起关于他自己死后的种种传闻。

问：我死后的名声如何？

答：某评论家说是"**凡庸**诗人的一员"。

问：那是因为我没有把诗集赠送给他，所以他怀恨在心。我的全集出版了吗？

答：你的全集已经出版，但销量甚为不振。

问：我的全集在三百年后——也就是当版权消失之后，必将为万人所争购。与我同居的女友怎么样了？

---

① 克丽奥佩脱拉(前69—前30)，即克娄巴特拉七世。古埃及托勒密王朝末代女王，世称"埃及艳后"。与丈夫安东尼在亚克兴海战中战败，翌年以毒蛇咬身自杀。
② 狄摩西尼(前384—前322)，古希腊政治家、演说家。雅典被马其顿军攻下后，服毒自杀。
③ 千利休(1522—1591)，日本安土桃山时代的茶道宗师。因触犯丰臣秀吉剖腹自杀。

答：她已经成为书店店长拉库的夫人了。

问：不幸的是，她可能根本不知道拉库的眼睛是假的。

　　我的孩子怎样了？

答：听说被送到国立孤儿院里了。

　　特库沉默片刻后，继续问道。

问：我家的状况如何？

答：已成为某摄影师的工作室了。

问：我的桌子怎样了？

答：你的桌子怎样了，没人知道。

问：在桌子的抽屉里，我藏了一封信——幸而和公务繁
　　忙的诸位无大关系。此刻，我们冥界正值日暮时
　　刻，我将与诸位告别了。再见吧，诸位！再见吧，
　　善良的诸位！

　　最后一句话出口之后，豪普夫人在身体剧烈的震颤
后终于苏醒过来。我等十七名会员，以上天之神的名义
起誓，保证上述对话的真实性（我们信赖的豪普夫人的

所得报酬，将按照夫人做演员时一天的薪金标准支付）。

## 十六

　　看完这篇报道后，我开始对这个国度的生活感到郁闷，于是打算回归到我们人类中去。可是，我找遍了所有地方，一直没有找到当初我掉进来的那个洞口。这期间，那个叫巴古的渔夫告诉我，在这个国家的一个偏远之地居住着一只上了年纪的河童，他平时读书、吹笛，过着与世隔绝的平静生活。我想如果找到他，或许能打听到从这个国度逃出去的办法，于是马上赶往城外。可是赶到之后才发现，在一处不大的房子里，一只头上的圆盘还没长结实的，看起来不过十二三岁的河童正吹着笛子，根本看不到上了年纪的河童。我以为一定找错了地方，慎重起见，便上前确认了一下对方姓名。这才知道，他果然就是巴古所说的那只河童。

"可是，您长得像个孩子……"

"你还没有听说吗？可能是命运作怪，我从娘胎里一出来就已经白发苍苍，而后渐渐变得年轻，现在变成了你看到的这个样子。计算一下年纪的话，如果我出生时算是六十岁，那现在我应该已经有一百一十五六岁了。"

我环视了一下房间的四周，也许是我的心情所致，质朴的桌椅之间仿佛散发着清雅的幸福感。

"看得出，与其他河童相比，您生活得悠然自得。"

"哦，可以这样说吧。我年轻时就是一位老人，上了年纪后却变得年轻。因此，既不像老年人那样有对欲望的渴求，也不像年轻人那样沉溺于情色。总之，我的一生即使不算幸福完满，至少也是平和宁静。"

"难怪，你的生活想必是平静的。"

"若仅仅如此，还不能算得上平静。再加上我身体健康，而且拥有一辈子衣食不愁的财产。但最幸福的，还是我刚出生的时候就是一名老人。"

我和这位河童聊起了自杀的特库，聊起了每天必看医生的盖路。但不知为何，这位上年纪的老河童好像对我的话兴味索然。

"这么说，你并不像其他河童那样，格外执着于河童之国的生活了？"

上了年纪的河童注视着我，平静地继续说道："我也和所有河童一样，出生时是被父亲询问过是否愿意来到这个世界之后，才从娘胎里出来的。"

"可是，我却是出于一个偶然的意外才掉进这个国度里来的。恳请您告诉我，怎样才能从这里出去呢？"

"出去的路只有一条。"

"哪一条？"

"那就是你来时的路！"

不知为何，当听到这样的回答时，我感到不寒而栗。

"可不巧的是，我找不到那条路了。"

老河童用水灵灵的双眼紧紧盯住我的脸。然后，站起身来走到房间的一个角落，拉住了从天井垂下来的一根绳子。于是，一个此前完全没有被注意到的天窗被打开了。顺着圆形的天窗望去，青翠欲滴的苍松和翠柏的远方，晴空万里，一片蔚蓝。而且，有如巨大箭头般的枪岳峰巍然耸立。我像一个看到飞机的孩子一般，兴奋得跳了起来。

"来吧！从那里就可以出去了。"

老河童一边说着，一边指了指那根绳子。这时我才发现，那根绳子其实是一个绳梯。

"那我就从这里走了！"

"我要事先提醒你一下，你出去之后千万不要后悔哟。"

"不会的，我决不会后悔的。"

在回答这句话的时候，我已经爬上了梯子，从上面远远地看着站在下面的老河童头顶的圆盘。

## 十七

我从河童国回来之后，好一阵子无法适应我们人类的皮肤的味道。与我们人类相比，河童要干净得多。不仅如此，因为看惯了河童的面孔，所以人类的面孔在我看来有如怪物般恐怖。这种感觉或许你根本无法理解，且不说眼睛和嘴巴，单单鼻子这个东西就让人感到莫名其妙的恐惧。我尽量不出去见任何人。大约半年之后，逐渐习惯了人类的面孔，终于能够随意出行了。只是让我为难的是，在我说话时，嘴里经常不自觉地冒出河童的语言来。

"明天你在家吗？"

"Qua！"

"什么？"

"啊，就是说在家。"

基本上就像这个样子。

从河童国回来正好一年之后，我因为一件事业的失败……

（当他说到这里时，Ｓ博士马上提醒他："别提那件事情了！"据Ｓ博士讲，他一说起这件事情，就变得异常暴躁，让看护者束手无策。）

那就罢了，不说它了。可是，正因为事业上的失败，我又有了想回到河童之国的念头。是的，不是"想去"，而是"想回去"！河童国对我来说就像自己的故乡一样。

当我悄悄溜出家门，正准备乘中央线的火车时，不巧被巡警逮到，马上送进了医院。我在住院后的一段时间，也一直怀念着在河童国度过的日子。医生查克现在在做什么？哲学家马古可能还在七彩玻璃灯下思考着什么吧？还有我的好友，嘴巴溃烂了的学生拉普……一个像今天一样的阴天的午后，如此这般沉浸在回忆中的我差一点大叫起来。因为不知何时，那个叫巴古的渔夫河童走了进来，站在我的床前，正再三向我行礼问候。当我恢复平静之后，——当时是哭还是笑，已经记不得了。总之，好久没有使用河童的语言了，因此我无比激动。

"哎，巴古！你怎么来了？"

"嗨，当然是来看你了！听说你病了。"

"你是怎么知道的？"

"听了收音机里的报道呗。"

巴古很得意地笑着说道。

"怎么想来就能来了呢？"

"根本不是什么麻烦事儿。东京的河里、沟里，河童也是经常往来穿梭的。"

我这时又重新认识到河童是和青蛙一样的两栖

动物。

"可是，这一带并没有河呀？"

"不，我是从自来水管道钻过来的，然后又打开了消防栓……"

"打开了消防栓？"

"老板您都忘了吗？河童里也有机械工啊。"

这以后，每隔两三天我就要接待一次来看望我的河童客人。我得上的病，据S博士讲是早发性痴呆症。可是，医生查克却说（这可能对你来说实在太失礼了），我不是什么早发性痴呆症，S博士和你们这些人才是早发性痴呆症患者。连医生查克也来了，自然，学生拉普、哲学家马古等都来看望过我。只是，除了渔夫巴古以外，白天是没有河童来的。尤其是两三只河童一起来的时候，一般都是在夜里，而且是月明之夜。昨晚就是一个月明之夜。玻璃公司经理盖路和哲学家马古和我聊了很久。而且，音乐家科拉巴克还为我弹奏了一曲小提琴曲。看到放在那张桌子上的黑百合的花束了吗？那也是昨晚科拉巴克作为礼物带过来的。……

（我转过身看了看，可是桌上根本没有什么花束。）

还有，这本书也是哲学家马古特意带给我的，你打开看看这里的第一首诗吧。对了，你一定看不懂河童的语言，还是让我来朗读给你听吧。这是最近出版的特库全集中的一本。

（他翻开一本旧电话簿，大声朗诵起下面的诗句来。）


　　——在椰子花儿和翠竹之间，
　佛陀早已入眠。


　伴着路边枯萎的无花果，
　基督已经死去。


　但是我们必须安歇，

即便在舞台的布景前。

（再看那布景的背后，都是拼接起来的画布！）——

但我并不像这位诗人那么厌世。至少，在河童经常来看我的前提下。——啊，有一件事我忘记说了。你还记得我的那位朋友法官佩普吧？据说他在失业之后，真的发疯了。他好像住进了河童国的精神病院。只要得到 S 博士允许的话，我很想去看望他…………

（昭和二年①二月十一日）

（本篇最初发表于 1927 年 3 月号的《改造》。）

---

① 1927 年的日本纪年。

# 掉头的故事

## 上

何小二甩出军刀，拼力抱住了马颈。自己的脖颈好像的确被刀砍到了，或许这是抱住了马颈后才意识到的。只觉得有什么东西噗的一声划入到脖腔里，于是他便伏在了马上。战马好像也受了伤，何小二刚在马鞍的前鞍上伏倒，战马便仰天长啸，一声嘶鸣之后冲出混战的敌阵，在一望无际的高粱地上奔驰起来。似乎有两三声枪声从身后响起，在他听来却仿佛已在梦中。

已长得一人多高的高粱在狂奔的战马的踩踏下，如波浪般汹涌起伏，从左右两侧扫过他的发辫，也拍打着他的军服。间或也擦抹着从他脖腔里流出的乌黑的血。然而，他的意识无暇对此一一作出反应，唯有自己被刀砍到的单纯的事实，异常痛苦地烙印在脑海中。被砍到了！被砍到了！——他在心底反复地确认着，靴后跟机械般地一下又一下蹬着早已汗流浃背的战马的腹部。

　　十分钟前，何小二和几名骑兵队的战友，从清军阵地前往一河之隔的一个小村庄侦察的途中，在已泛黄的高粱地里，不期然遭遇到一队日本骑兵。由于过于突然，双方都已来不及开枪。伙伴们一见到镶着红边的军帽和两肋缝有红条的军服，都立即拔出腰刀，转瞬间便调转了马头。在那一刻，对自己可能被杀死的恐惧没有闪现在任何人的脑海中，有的只是眼前的敌人，和一定要杀死敌人的意念。因此，他们调转过马头便凶犬般龇牙向日本骑兵扑杀过来。而敌人也被同样的冲动所支配，转瞬间，有如将他们的表情反射在镜子里一般，完全同样的一副副张牙舞爪的凶相便出现在他们前后左右。与此同时，一把把军刀开始在身边虎虎生风地挥舞起来。

此后发生的事情，就不再有明确的时间感觉了。他只清楚地记得，高高的高粱仿佛被暴风雨吹打一样地疯狂摇曳着，在摇动的高粱穗的前方，高悬着红铜似的太阳。那场乱战究竟持续了多久，期间又先后发生了怎样的事情，他却一点也不记得。当时，何小二只是疯狂地大声叫喊着自己也不明其意的话，拼命挥舞着手中的军刀。他的军刀似乎也一度染得血红，但手上却没有任何感觉。渐渐地，手中军刀的刀柄变得汗湿起来，随之便感到口中异常干渴。正在此时，一个眼珠几乎瞪出眼眶的日本骑兵张着大口突然出现在马前。透过镶着红边的军帽的裂口处，能够看到里面的寸头。何小二一见到对方，便使尽全身力气挥刀向那顶军帽砍去，但他的军刀既没碰到军帽，也没有砍到军帽下的头，而是砍到了对方从下方迎来的军刀的钢刃上。在周围一片混乱的嘈杂声中，随着咔的一声令人惊恐的清响，一股钢铁里磨出来的冷彻的铁臭传到了鼻腔里。与此同时，另一柄宽宽的军刀反射着炫目的日光，从他的头顶划过一条弧线。异常冰凉的异物嚓的一声进入了何小二的脖颈。

　　战马驮着因伤痛呻吟不止的何小二在高粱地里不停地奔驰，可是无论怎样飞奔，眼前都只是一望无际的高粱。人马的喊杀嘶鸣以及军刀的声声磕碰，不知何时已从耳边消失。辽东秋季的日光和日本没有丝毫的不同。

　　何小二在摇晃的马背上因伤痛不时地呻吟着。然而，从他紧咬的牙缝中透出的声息，却包含着远远超出呻吟的更为复杂的含义。其实，他并非仅仅因为肉体上的苦痛而呻吟，而是在为经受精神上的苦痛——对死亡的恐惧以及奔涌着的无数复杂的情感而呜咽、哭泣。

　　他因自己将与这个世界永久地诀别而无限悲伤，并憎恨令他与这个世界诀别的所有人和事。而且，他对不得不离开这个世界的自己也感到愤懑。种种复杂的情感逐一纠结起来，无休无止地袭来，他也随着这些情感的起伏，忽而大叫着"我要死了！我要死了！"，忽而喊叫着父母，也间或大骂日本骑兵。不幸的是这些声音一从口中吐出，就变成了含义不明的嘶哑的呻吟。他已经十分虚弱了。

"再没有人像我这样不幸了。年纪轻轻就来到这里打仗，像狗一样被无端地杀死。首先，杀死我的日本人实在可憎，其次，派我们出来侦察的军队长官也可恨。最后，可憎的还有发动了这场战争的日本和大清国，可憎的还有很多很多，那些和自己当上一名兵卒之事相关的所有人，都与敌人无异。因为这些人，自己此刻才不得不离开还有很多事想做的这个世界。哎，任由那些人与事摆布的自己，实在是一个白痴。"

何小二在呻吟中诉说着，头部紧贴着马颈的一侧，任战马在高粱地里飞奔。被马的来势所惊，时而有成群的鹌鹑一跃而起，但战马却毫不为之所动，依然不顾背上的主人随时有坠落下来的危险，口吐白沫地狂奔。

只要命运允许，何小二一定会在不停的呻吟声中向上苍继续诉说自己的不幸，在马背上摇晃整整一天，直到红铜色的太阳落入西边的云空。终于，平地渐变为一个缓坡，一条流过高粱地间的狭窄而浑浊的小河的转弯处，命运让两三株河柳低垂着挂满将落的树叶的柳梢，威严地伫立在河畔。何小二的战马刚要从河柳之间穿过，浓密的柳枝便将他的身体卷起，头朝下地抛在河边松软的泥土上。

那一刻，何小二因一时的错觉，仿佛看到空中燃烧着鲜黄的火焰。那是他幼时在家里厨房的大灶下看到过的那种鲜黄的火焰。他意识到"啊，火在燃烧"之后便失去了知觉。…………

中

从马上跌落下来的何小二，真的失去了知觉？的

确，不知从何时起，他已感受不到伤口的疼痛了，然
而，当他满身血水和泥土躺在杳无人迹的河边时，他记
得自己看到了河柳枝叶轻抚的蓝天。那片蓝天比他以往
任何时候看到的都要高远、蔚蓝，恰似从一个蓝色瓷瓶
的下端朝上仰望时的心境。并且在瓷瓶的底端，如同泡
沫凝聚起来的白云，不知从何处悄然飘来，又不知往何
处悠然散去，仿佛是被摇曳着的柳叶涂抹掉了一般。

那么，难道何小二并未失去知觉？可是分明有许多
并不存在的事物，如幻影般出现在他的眼前。最先出现
的，是他母亲微脏的裙裾，在他年幼时，不论高兴时或是
悲伤时，他都无数次牵扯过。可是当他此刻伸出手来想要
拽住时，却已从视线中消失。消失的那一刻，裙子忽然变
成一抹薄纱，远处的云朵也如同一大块云母石般透明。

接着，是他降生的老屋后那片很大的胡麻地远远飘
来。盛夏的胡麻地里，孤寂的花朵仿佛在等待日落似的
开放着。何小二想寻找站在胡麻地里的兄弟的身影，可

是那里不见一人，只有浅色的花与叶片浑然一体，沐浴着微薄的日光。随之，一切又倾斜着被远远地拉走直至消失。

　　而后，一个更为奇妙的东西开始在空中舞动。仔细一看，原来是在元宵节之夜抬着巡街的巨大龙灯。长近十米的龙灯，由竹签扎起的骨架上贴纸制成，然后用红红绿绿的颜色涂抹得绚烂多彩。形状和在年画上看到的龙别无二致。那条龙灯若隐若现出现在蓝天上，分明是白昼，里面却点着烛光。更不可思议的是，那条龙灯真的有如活着一般，长长的龙须竟时而左摇右摆。——正在此时，它又渐渐游移到视野之外，忽而消失不见了。

　　龙灯远去之后，空中出现了一只女人纤细的脚。由于是缠了足的脚，长度只有三寸多。优美地弯曲着的脚趾上，浅白的指甲透着娇柔的肉色。初次见到那只脚时的记忆，仿佛梦中被跳蚤叮咬了一般，带着一份悠远的哀伤。如果能再一次触摸到那只脚的话，——可是这显然已不再可能。这里和见到那只脚的地方相距数百里。想到这里，女人的脚眼看着变得透明，最后完全融入了云影之中。

在那只脚消失后，从何小二的心底生出一种从未有过的不可思议的寂寥感。在他的头顶，寥廓的苍穹无声地笼罩着。人只能毫无选择地任由天上席卷而来的狂风吹打，凄惨地存活。这是何等的寂寥！而这种寂寥迄今竟不为自己所知，真是不可思议。何小二不禁发出一声长叹。

这时，在他的视线和天空之间，头戴镶着红边的军帽的日本骑兵，以更加迅猛的速度慌张地猛冲过来，又以同样迅猛的速度慌张地不知跑到何处。那些骑兵也一定会像自己一样的孤寂，如果他们不是幻影的话，真想同他们相互抚慰，暂时忘却这份孤寂。可是，如今已经来不及了。

何小二的眼中涌出止不住的泪水，他用满是泪水的双眼回顾自己迄今为止的人生，发现其中充满了荒谬。他想对所有的人道歉，也想宽恕每一个人。

"如果这次我能够得救的话，我愿意为补偿自己的过去，去做任何事情。"

他边哭泣边在心底念叨着。可是，无限高远、无限蔚蓝的天空似乎根本没有听到他的祈愿，只是一尺尺、一寸寸地向他胸前渐渐威压过来。蔚蓝色的雾霭中，一点点微微闪烁的，应该是白天看到的星辰。如今，那些幻影也不再出现在他眼前了。何小二又叹息了一声，然后突然嘴唇颤抖，最后慢慢阖上了双眼。


下


日清两国讲和一年之后的一个早春的上午，在北京日本公使馆的一个房间里，任公使馆武官的木村陆军少佐与奉官令前来视察的农商务省技师山川理学士正围桌而坐，以一杯咖啡、一根雪茄暂时忘掉忙碌，专注于闲谈之中。虽说已是早春，但室内的火炉里仍烧着火，因此室内温暖得让人出汗。桌上摆放的盆景中的红梅，不时传来中国特有的香气。

当二人的话题从一直谈论的西太后转向日清战争①的回忆时，木村少佐猛然想起什么似的，起身将放在房间一角的装订在一起的《神州日报》拿到桌上，翻开其中一页展示在山川技师眼前，并用手指着其中的一处，用眼神暗示对方阅读。技师为这突然的一幕稍感惊讶，从平素的交往中他已得知，眼前的这位少佐，是一个和军人并不相称的洒脱之人。他将目光投向报纸，预感到这将是一个和战争有关的奇特的逸话。果不其然，如果转换成日本报纸惯有的语气，全部使用方块汉字的这段堂堂的报道，大致为如下的内容。

---

① 日本对甲午中日战争的说法。

——街上剃头店主人何小二，出征日清战争期间屡建奇功，成为勇士凯旋后却不修品行，沉溺酒色。某日，在一酒楼饮酒时与酒友发生争执，乃至两相厮打，后因颈部负重伤而顷刻毙命。尤其不可思议的是，其颈部之伤并非厮打之时凶器所致，而系日清之战的战场上遗留的伤口开裂。据目击者称，格斗中该人连同酒桌跌倒的刹那间，头部只剩喉部的表皮相连，鲜血喷涌的同时躺倒在地。当局怀疑真相不实，当下正在对嫌犯严查之中。旧时有诸城某甲头落之事载入聊斋志异，此番的何小二与其相类也未可知。云云。

山川技师读罢，一副惊奇的表情问道："这是怎么回事？"于是，木村少佐悠然吐出雪茄的烟雾，沉稳地微笑着。

"有趣吧？这种事情，也只有中国才有。"

"若是哪里都有岂不是太荒唐了？"

山川技师也苦笑着，将长长的烟灰点落到烟缸里。

"更有趣的是……"

少佐摆出认真的神态，稍停顿了片刻。

"我见过那个叫何小二的人。"

"见过他？那太离奇了。莫不是你这个公使的随员也学了那些新闻记者，开始捏造起一些离谱的谎言来？"

"我哪里会做那等无聊的事？那时，正是我在屯子之役负伤之后，那个何小二也被我军野战医院收容，也为学中国话，我和他交谈过两三次。如果是脖子上有伤的话，那么十有八九就是他。据说是出来侦察的时候碰到我军骑兵，脖子上被日本刀砍了一刀。"

"哈，真是奇妙的缘分。按这份报上所说，就是个无赖汉。这种人还不如当时就死掉呢，那样也许对世上更有帮助些。"

"可是他那时是一个非常正直、友善的人，在所有俘虏中，也再难找到那样温顺的。看得出那些军医也很喜欢他，特别用心地为他治疗。他也会说起自己的身世，还讲过非常有趣的事情。我至今还清楚地记得，他对我讲起过脖子负伤后从马上跌落时的感受。他说当躺倒在河边泥地上时，仰望柳枝上的天空，清晰地看到了母亲的裙子、女人的脚、开了花的胡麻地等等。"

木村少佐丢掉了雪茄，将咖啡端到唇边，目光投向桌上的红梅，自语一般地说道："记得他说当看到那些东西时，痛切地感到自己以往人生的可悲。"

"所以，战争结束后就成了一个无赖汉吧。可见人都是靠不住的。"

山川技师把头靠在椅背上伸出双脚，带着嘲讽地把雪茄的烟雾吐向天井。

"你说人靠不住的意思，是指他那时故作好人？"

"是的。"

"不，我不那样认为。至少那应该是他当时的真实感受。恐怕这次也是一样，在他的头落下的同时（如果如实使用报纸上用词的话），一定也会有同样的感受。根据我的想象，他在争吵时由于已经喝醉了，很轻易就被连桌子一起摔了出去。那一瞬间伤口裂开，垂着辫子的头部滚落在地。他曾经看到过的母亲的裙子、女人的脚和开着花的胡麻地等等，一定又一次朦胧地出现在他眼前。尽管酒楼有房顶，他也一定看到了又高又蓝的天空。于是他又痛切地感到了自己往日人生的可悲，只是这一次一切都晚了。上一次是在他失去意识后，被日本的护士兵发现救了下来，而这次吵架的对手却是冲着他的伤口又踢又打。所以，他是在无限的悔恨之中断了气的。"

山川技师晃着肩膀笑着说道："你真是一个出色的空想家。只是，如果真的是那样的话，他为什么已经有过一次教训，却还是成了无赖汉呢？"

"那只能说，在和你所说的不同的含义上，人的确是靠不住的。"

　　木村少佐重新点了一支雪茄，以近乎得意的爽朗的语调微笑着说道："我们都有必要深切地意识到我们自己靠不住的事实。实际上，只有了解了这一点的人才会有几分的可靠。若不然，就像何小二掉头一样，我们的人格很难说什么时候就会像头一样掉落。所有中国的报纸，都应该这样去阅读。"

　　　　　　（本篇最初发表于 1918 年 1 月的《新潮》。）

# 窗

我家二层的窗口，和对面住家的二层窗隔街相对。

对面住家的二层窗口，整齐地摆放着百合和玫瑰的花盆。只是在窗口后面，总挂着沉沉的黄色窗帘。因此，我一次也没有见到过那间房屋的主人。

在我家二层窗口边，摆放着一把古旧的扶手椅。我每天坐在那把扶手椅上，茫然倾听往来的足音。

并非任何时候都没有客人来我家造访。门厅之外安装着门铃，只要门铃的清脆的响声传来，我将从扶手椅上一跃而起，展开双臂走向门口处，去迎接那位远来的贵客。

我时常在这样的空想中，茫然倾听着往来的足音。可是，任时光怎样流逝，却始终没有客人来我的住所造访。在房间里，只有映在镜中的自己的身影，和我永久地相伴。

　　这样，度过了很长很长的时间。

　　忽有一天傍晚，当我向对面窗口望去，看到在黄色窗帘后面，站立着一个私娼模样的女人。她看起来像一个混血儿，涂着口红，画着黑眼圈，身披着丝绸质地的衣服，两耳戴着细细的金耳环。她的样子在我看来，好像在使着媚眼殷勤地向我打招呼。

　　我已经有几年时间没有见过任何人了。在我房间里，只有映在镜中的自己的身影做我的陪伴。因此，当这个私娼模样的女人对我示意的时候，哪里还会蔑视对方，而只能用满眼的笑意去默默地回敬对方。

　　此后每到傍晚，混血女人都会站在对面窗前，做着粗俗的媚态殷勤地向我示意。时而，还会折下花盆上开着的玫瑰或百合，越过往来的行人向我抛掷过来。

　　不知不觉间，我开始为坐在古旧的扶手椅上倾听往来的足音而感到厌倦。不论怎样痴痴地等待，也许永远不会有客人前来造访。感觉已经有很长时间都在和镜中自己的身影做伴。不必再这样总是痴等远来的客人了吧。

于是，当那个私娼模样的女人再向我示意时，我也会对她作出回应。

这样，又过了很长很长的时间。

一天早晨，当我打开一封来信，看到上面写到特意来我家登门造访，可是不管怎样摁门铃都没有回音，因此不得不打消了见我的念头。于是，昨晚我把混血女人抛过来的玫瑰和百合踩在脚下，专门走下楼到门厅去查看门铃，发现不知何时门铃上的铜丝，因生锈或有人恶作剧的缘故，已经断为两截。我的心变得沉重起来。如果不是和那个黄窗帘后的女人相识的话，自己一直在苦苦等候的客人中的一位，一定早已将轻快的门铃声传入我的耳鼓。

我又静静地走到楼上，坐到窗边的扶手椅上。

到了傍晚，对面二层窗口处，穿着丝绸衣服的女人又出现了，她做着粗俗的媚态向我殷勤示意。可是，我再也不会搭理她了，而只是眺望着薄暮中的街道，等候着不知何时会来到我家门前的远方的客人。像以往一样，寂寞地等待着。

（本篇最初分两次发表于 1919 年 10 月 15 日、16 日《东京日日新闻》的《每日文艺》栏目。原题为《窗——献给泽木梢氏》。）

# 尾生之信

　　尾生伫立在桥下，从片刻之前开始等待女人的
到来。

　　仰望桥上，爬升起来的蔓草已将拱桥的石栏罩住一
半。时而有行人往来，在鲜红的夕阳的映照下，他们的
白色衣袂飘然地任风轻拂。然而，女人还是没有来。

　　尾生轻声吹起口哨，怡然地眺望桥下的河洲。

　　桥下黄色的河洲，只露出一丈有余便和河水相接。
水边的芦苇之间，好像有螃蟹的栖身之所，洞开着几个
圆孔。每当河水冲来，便能听到轻微的声响。然而，女
人还是没有来。

　　尾生看似有些急切地移步到河岸边，远望着无船驶
过的静静的河道。

　　河道上密生着青绿的芦苇，芦苇簇拥着一株又一株

的浑圆、茂盛的河柳。因而，原本十分宽阔的河面被遮挡得只露出狭窄的缝隙。一段清澈的河水，将云母似的云朵倒映得如同镀金一般，无声地在芦苇间流淌。然而，女人还是没有来。

尾生在水边信步而行，走到并不宽阔的河洲上，一边踱步，一边向暮色渐浓的四周侧耳静听。

桥上已有片刻不见行人的踪迹了，脚步声、马蹄声、车轮声，都已悄然不闻。能听到的，只有风声、苇声、水声，还有不知何处传来的苍鹭的啼鸣。猛然止步，才发现不知何时河水已开始涨潮，洗刷着黄泥的闪光的水色，展眼间就已经逼近了。然而，女人还是没有来。

尾生拧起眉头，在已昏暗的河洲上加快了脚步。这时，潮水已经一寸一寸、一尺一尺地涌到河洲上，随之从河水里泛起的河藻的腥气和水臭，冰冷地冲袭着肌肤。朝桥上望去，鲜红的夕阳的余晖已经消失，唯有石栏在微微泛蓝的暮空的衬托下，留下轮廓清晰的黑色剪影。然而，女人还是没有来。

尾生终于一筹莫展了。

潮水已经浸湿了鞋，充盈着比钢铁还要冰冷的白光，漫漫在桥下泛滥。恐怕在顷刻之间，膝、腹、胸都将被无情的满潮之水淹没。正思量之间，水越涨越高，小腿已经没在水下。然而，女人还是没有来。

尾生站在水中，抱着最后一丝希望，几度抬头仰望桥上的天空。

没及腹部的水面上，早已笼罩着苍茫的夜色，四处繁茂的芦苇和河柳，将寂寥的枝叶摩擦声从茫茫雾霭中传来。这时，一条鲈鱼从尾生的鼻尖处翻着白肚一掠而过。鲈鱼腾起的空中，闪耀着稀疏的星光。被蔓草笼住的桥栏，早已消融在幽暗之中。然而，女人还是没有来。……

夜半之时，当月光溢满整条河床的芦苇和河柳，河水与微风轻声耳语着，将桥下尾生的尸骸，轻柔地运往与大海的交汇处。尾生的灵魂，或许是一直憧憬那静寂的天心中的月光的缘故，悄然脱出尸骸，如同水臭与藻腥从河水中无声地升起一般，向着微明的夜空中款款飘升而去。……

从那时又过了几千年之后，那个灵魂历经了无数的流转，又需要寻找一个人来托生了。那便是栖宿在我身上的灵魂。因此，虽然我生于现代，却又一事无成，只有不分昼夜地度过恍然如梦的人生，唯独为了等待那必来的不可思议的对象，正如尾生在薄暮的桥下，痴情地等待永远不会来临的恋人一样。

（本篇发表于 1920 年 1 月号的《中央文学》。"尾生之信"的典故，见《史记·苏秦列传》"信如尾生，与女子期于梁下，女子不来，水至不去，抱柱而死"。《庄子·盗跖》中亦有"尾生与女子期于梁下。女子不至，水至不去，尾生抱柱死"的记述。）

# 南京的基督

一

　　一个秋天的午夜，南京奇望街一户人家的房间里，一个面色苍白的中国少女坐在一张破旧的桌前，手托下颌，百无聊赖地嗑着盘中的西瓜子。

　　桌上的煤油灯发出幽暗的微光，那丝微光没有令房间明亮起来，反而为房间徒增了一重阴郁。壁纸已开始剥落的房间一角，一张露着毛毯的藤条床上垂着落满尘垢的帷帐。桌子对面，一把同样十分破旧的椅子仿佛早已被遗忘了似的闲置在那里。除此之外，房间中再也看不到一件像样的家具和装饰。

　　少女依旧嗑着西瓜子，并不时地停下来，抬起清澈的双眼默默凝视桌对面的墙壁。原来，就在那面墙壁上，一个小小的铜铸十字架，恭敬地悬挂在一根弯曲的铁钉上面。十字架上隐约地浮现着基督高高张开双臂受难的身影。雕像的雕工稚拙，并且由于反复摩挲，轮廓已几乎被磨平。少女每次看到十字架上的基督时，藏在长长的睫毛下的孤寂的神色就会在一瞬间烟消云散，随之焕发出天真无邪充满希冀的光芒。但当视线移开后，她便会吐出一声叹息，然后无精打采地垂下失去光泽的黑缎面上衣里的肩膀，继续嗑盘中的西瓜子。

少女名叫宋金花，是一个年方十五岁的私窝子。为了帮助维持贫寒的家计，每晚都在这个房间里接待客人。在秦淮众多的私窝子中，有金花一样容貌的固然不少。但是，像金花这般性情温和的少女，很难说是否还有第二个。她与那般卖笑的同行不同，既不说谎也不任性，每晚都带着愉快的微笑来到这个阴郁的房间，与各种不同的客人嬉闹。当客人付的钱偶尔比谈好的价钱稍多些时，她总要多买上一杯父亲嗜好的老酒来孝敬孤身的父亲。

金花如此的品行中，当然有与生俱来的本性。但如果说那之外还有其他原因的话，那是因为金花从孩提时起，如墙上的十字架所昭示的那样，一直保持着对早亡的母亲传授给自己的罗马天主教的信仰。

——说来就在今年春天，一个到上海观看赛马，同时顺便探访中国南方风光的年轻的日本旅行家，曾在金花的房间里度过了一个寻乐的夜晚。那时他正衔着雪茄烟，把身材小巧的金花轻轻抱在西裤的膝头，突然，他看到墙上的十字架，显出一副疑惑的神情。

"你是基督徒吗？"他用不太自如的中国话问道。

"对啊，我五岁的时候就受洗了。"

"那你还在做这种生意？"

这一瞬间，他的声音中分明夹杂着讥讽的语调。然而，金花依然将梳着丫鬓①的头靠在他手臂上，一如往常一样爽快地张口笑着回答道："如果不做这种生意，我父亲和我都会饿死的。"

"你的父亲已经年老了吗？"

"是的，连腰都直不起来了。"

"可是，……可是难道你没有想过，做这种行当是进不了天堂的吗？"

"没有。"

金花稍稍看了一眼十字架，露出了正在深思般的神情。

"因为我想，天堂里的圣主基督一定会体谅我的心情的。……要不然，基督岂不就和姚家巷警察署里的差人一样了？"

---

① 亦作鸦鬓，指古代妇女的发鬓。宋阙名《潜居录》："巴陵俗，元旦梳头，先以梳理鸦羽，祝曰：'愿我妇女，黰发髟髟；惟百斯年，似其羽毛。'故楚人谓女鬓为鸦鬓。"

年轻的日本旅行家微微一笑，而后翻了翻上衣口袋，从里面掏出一副翡翠耳环，亲手为她戴在耳朵上。

"这副耳环是刚才买来作为带回日本的礼物的，就当作今晚的纪念送给你吧。"

实际上，金花从开始接客的第一个晚上起，心里就一直有这样的一份确信。

但大约一个月前，这个虔诚的私窝子不幸患上了恶性杨梅疮①。她的同行姊妹陈山茶听说后，就教她喝鸦片酒，说是可以止痛。后来，她的另一个同行姊妹毛迎春热心地拿来了自己服用剩下的贡蓝丸和甘汞。然而，不知为何，即使她一直关在屋里不接待客人，病也没有丝毫好转的迹象。

于是有一天，当陈山茶来到金花屋里玩的时候，煞有介事地向金花说起了这样一个迷信式的疗法。

---

① 即梅毒。因疮的外形类似杨梅，故名杨梅疮。

"因为你的病是从客人那里传来的，所以要赶快再传给别人。这样的话不出两三天，你的病就一定会好的。"

金花一直手托下颌，依旧面色阴沉。似乎山茶的话多少引发了她的好奇心，她轻声地反问："真的？"

"当然是真的啊。我姐姐也像你一样，病怎么都不见好。可是传给客人之后，马上就好了。"

"那个客人怎样了呢？"

"那客人可怜得很，听说连眼睛都瞎了。"

山茶离开房间后，金花独自跪在墙壁上悬挂的十字架前，一边仰视着受难的基督，一边虔诚地祷告。

"天堂里的圣主基督：我为了养活父亲，从事着卑贱的行当。可是，我的这份营生除了污损我自己之外，没有给任何人添过麻烦。所以，我相信自己就算这样死了，也是一定能进天堂的。可是，现在只要我不把病传给客人，就不能像以前一样继续做这份营生了。这样看来，我不得不做好心理准备，即便饿死，也决不和客人睡在同一张床上，虽然那样做，我的病可能就能治好，不然等于为了自己的幸福而坑害了无冤无仇的人。可不管怎么说，我毕竟是女流之辈，说不定什么时候就会陷入无法预料的诱惑。天堂里的圣主基督，无论如何请保佑我，毕竟我是一个除了您之外别无依靠的女人。"

宋金花这样下定了决心，此后无论山茶和迎春怎样劝说她继续做生意，她都坚决不再接客。而且，就算有时一些熟识的客人来她的房间玩耍，她也只是陪着抽几支香烟，此外再不肯顺从客人的其他意愿。

"我得了非常可怕的病。你如果靠近我的话，会传染给你的。"

即便这样，还是有喝醉了的客人执意为所欲为，每当这时，金花便会如此规劝，甚至不惜出示自己得病的证据。因此，客人渐渐也就不再到她房间里来了。这样一来，她的家计也便开始每况愈下。……

　　这一夜，她照旧倚着那张桌子，长时间茫然地坐在那里。但依然看不到会有客人来她房间的迹象。夜渐渐深了，惟有远处传来蟋蟀的鸣叫，回荡在她的耳畔。不仅如此，没有生火的房间里，冰冷的寒气从地面铺着的石板中如阵阵洪水般向她穿着的灰色缎面布鞋和鞋里纤细的双脚袭来。

　　金花久久地盯着油灯上微暗的灯火出神，随即打了一个寒颤，挠了一下戴着翡翠耳环的耳朵，忍住了一个小小的呵欠。几乎就在这时，涂漆的大门猛然被打开，一个陌生的外国人踉踉跄跄地从外边闯了进来。或许由于开门的势头太猛，一瞬间桌上的灯火忽然燃亮了起来，使狭小的房间里奇妙地映满红光。进来的客人正面迎着油灯的光亮，一度向桌子的方向跌撞而来，刚一站稳，随之又向后打了一个趔趄，咣当一声靠在了刚关上的漆门上。

　　金花不由得站起身，将惊呆的视线投向这个陌生的外国人。客人的年纪大约三十五六岁，穿着茶色的条纹西装，头戴一顶同样面料的鸭舌帽，眼睛很大，长着络腮胡须，面颊晒得黝黑。但让人捉摸不透的是，即使能断定他是外国人，却分辨不出他到底是西洋人还是东洋人。他那帽檐下露着黑发，叼着熄了火的烟斗堵在门口的样子，怎么看都像是喝醉了的过路人走错了房门。

"有什么事情吗？"

金花略微感到了一丝胆怯，但还是呆呆地站在桌前，用稍带诘问的口吻问道。对方摇了摇头，做出听不懂中国话的示意。然后拿掉了横叼着的烟斗，从嘴里吐出一句语义不明但十分流利的外国话。这回，轮到金花只好无奈地摇头了，一对翡翠耳环映着煤油灯的灯光左右摇摆。

客人看到她困惑地蹙起了双眉，突然大笑起来，随即随意地脱掉鸭舌帽，踉跄着走过来，在桌对面的椅子上瘫软地坐了下去。这时，金花觉得这个外国人的面孔有一种想不起在何时何地、但确实曾经相见过的亲近感。客人不客气地抓起盘中的西瓜子，却没有放进口中，而是一直盯着金花，然后打着奇怪的手势说起了外国话。虽然金花根本听不懂他在说什么，但能隐约地推测到，这个外国人对她所做的生意是多少有一定了解的。

与不通中国话的外国人共度一夜，这对金花而言已经不算什么稀奇事了。于是，她一坐到椅子上，就习惯性地露出温和的笑容，滔滔不绝地讲起了对方根本听不懂的笑话。客人却俨然能够听懂似的，每当金花讲了一两句时，便会发出兴致极好的笑声，同时又开始做出更加令人目眩的各种手势。

客人呼出的气息带着浓烈的酒气，他醺醉得发红的脸上充溢男性的活力，仿佛令这间萧索的房间里的空气变得明亮起来。至少对金花来说，不消说，这位客人同她平常司空见惯的南京的本国人相比，甚至比起她曾经见过的所有东洋人和西洋人来，都显得不同寻常。但即便如此，那种似乎曾经在哪里见过的依稀感觉，无论如何都打消不掉。金花看着客人垂在额头上的黑色卷发，一边漫不经心地作着娇态，暗下却一直在努力唤起初次见到这副面孔时的记忆。

"莫非是前一段和一位胖胖的夫人一起乘画舫的那个人？不对，那个人的发色要红得多。那么，有可能是那个拿着照相机对着秦淮河的夫子庙拍照的人？可是那个人要比这位客人年纪大。对了，记得有一次在利涉桥旁的饭馆前聚满了人，上前一看，有个和他长得极像的人正挥起粗大的藤杖去打黄包车夫的脊背。难道……可是，好像那个人的眼睛更蓝一些。……"

在金花思来想去的时候，依旧兴致极高的外国人不知何时已经往烟斗里塞满了烟草，开始一阵阵地喷吐出好闻的烟雾来。突然间他说了一句什么，并平静地微笑着，随后在金花眼前伸出了两根手指，比划着询问

"？"的意思。两根手指代表两美元的金额，这在谁看来都是显而易见的。可是，决心不留宿客人的金花灵巧地嗑着西瓜子，将满是笑意的脸晃动了两下表示拒绝。于是，客人傲慢地将两肘抵在桌上，在微暗的灯光中将一张醺醉的脸贴近过来，紧紧地盯着金花。随之他又伸起三根手指，露出等待回答的眼神。

金花略微挪了一下椅子，嘴里含着西瓜子，脸上浮现出困惑的神情。客人好像已经料到仅凭两美元的价格不足以让她委身。但由于语言不通，金花根本无法让他更详细了解其中的隐情。于是，她有些后悔自己的轻率之举，便将视线冰冷地投向窗外，无奈而又更加干脆地再次摇了摇头。

可是，对面的外国人脸上浮现出短暂的微笑后，踌躇了片刻，然后伸出了四根手指，又用外国话讲了些什么。无计可施的金花捂住脸庞，连微笑的气力都已没有。刹那间，她下定决心，既然事已至此，那就只有不住地摇头，直到对方死心为止。可就在这时，客人的手就像是要捉住眼前一件看不到的东西似的，已经将五根手指大大张开了。

之后很长一段时间，两人之间都在用手势和肢体语言你来我往。其间，客人很有耐心地一根根添加着手指，最后甚至表示即使出十美元也在所不惜的执著。十美元对于私窝子来说，算得上一笔不菲的收入，但即便如此，也依然没能动摇金花的决心。她已经从椅子上站起身来斜倚在桌前，看到对方伸出了两手的手指时，心急如焚地跺着脚，连续不断地摇着头。这时，不知什么缘故，悬挂在铁钉上的十字架突然坠落，发出轻微的金属声响，掉在了脚下的石板上。

她慌忙伸出手，从地上拾起了她珍视的十字架。这时，她不经意地看了一眼十字架上雕刻着的受难基督的脸庞，突然不可思议地发现，竟然同桌子对面的这个外国人一模一样。

"总觉得在哪里见过的，原来是圣主基督的尊容啊。"

金花把黄铜的十字架紧紧贴到了穿着黑缎面上衣的胸前，情不自禁地用吃惊的眼神盯住了隔桌坐着的客人的脸。客人依然坐在灯光下，满是酒气的脸被灯光映得通红。他不时喷吐着从烟斗里吸出来的烟雾，嘴角露出意味深长的微笑，而且像是在不停地用目光在金花雪白的脖颈和戴着翡翠耳环的耳朵之间来回扫视。然而，即使是客人的这副样子，在金花看来也仿佛充满了一种令人备感亲切的威严。

不久，客人放下了烟斗，故意微微倾着头，掺杂着笑声说了一句什么。这句话在金花的心里，产生了犹如高明的催眠师在被催眠者的耳边轻声细语一般的暗示作用。她似乎已经完全忘记了自己立下的决意，悄悄垂下含笑的眼睛，用手摩挲着铜铸的十字架，含羞似的向这个奇怪的外国人身边走去。

　　客人掏了掏裤子的口袋，故意让里面的银元发出哗啦哗啦的响动，用依然带着浅笑的眼睛色眯眯地盯着金花站立起来的身姿。突然间，那眼中的浅笑渐渐变成了炙热的光芒，他从椅子上纵身而起，一把将金花死死抱在了满身酒气的西装的臂弯中。金花像丢了魂一般，坠着翡翠耳环的头不由得向后仰去，苍白的面颊下透着鲜红的血色，她用恍惚的眼神凝视着几乎贴到自己鼻尖的这副面容。是委身于这个奇怪的外国人，还是为了避免把病传染给他而拒绝他的亲吻？金花此时已经没有心思去思虑这样的问题了。她把自己的唇交到了客人长满胡须的嘴上，只感到熊熊燃烧着的恋爱的激情，一种她初次感受到的恋爱的激情，正猛烈地朝胸口汹涌而来。……

二

　　几小时之后，在油灯已熄的房间里，远处蟋蟀细微的鸣叫，为睡床上传出的两人的酣息增添了寂寥的秋意。而此时金花的梦幻正如烟云般从床前落满尘埃的帷帐里，朝向屋檐上的星空高高地升腾。

＊　　＊　　＊

——金花坐在紫檀椅上，品尝着摆放在桌上的各种各样的美味佳肴。燕窝、鱼翅、蒸蛋、熏鲤鱼、煮全猪、海参羹……种类之多，数不胜数。而且所有的餐具，都是绘制着蓝色莲花和金色凤凰图案的精美的瓷盘瓷碗。

在她坐的椅子背后，有一扇垂着红纱帷帐的窗户，窗外好像有一条小河，轻轻的水声和桨声不断传来。这让她想到了幼时就见惯了的秦淮河。但她现在所在的地方，确定无疑地是在天堂上的基督的家里。

金花不时停下手中的筷子，环顾桌子四周。宽敞的房间中，雕龙立柱和大朵菊花的盆栽全被菜肴冒出的蒸汽所萦绕，此外房间里不见一人。

　　然而，桌上餐盘中的菜肴只要一被取光，顷刻之间，不知从哪里冒出来的新的菜肴就会散发着热腾腾的香气送到她的眼前。有时还没有来得及下箸，红烧的野鸡就扑扇着翅膀，将绍兴酒的瓶子打翻后，扑棱棱朝屋顶飞去。

　　这时，金花觉察到有人悄无声息地来到她椅子的背后。于是，她拿着筷子悄悄扭头看了看，却发现不知何故，原本身后那扇窗户已经没有了，只看到铺着缎面棉垫的紫檀椅上，一个陌生的外国人正衔着黄铜的水烟袋悠然而坐。

　　金花一眼认出这个男人就是今晚留宿在她房间里的男人。唯一不同的是，在眼前的这个外国人头部上方一尺左右的高处，悬着一轮新月般的光环。这时，又有一个冒着热气的大盘子仿佛是从桌底钻出来似的，突然间把美味的菜肴运到金花的眼前。她马上举起筷子，正要夹起盘中的珍馐时，猛然想起了身后的外国人，于是扭过头来十分客气地问道："你不过来一起吃吗？"

"嗯，你一个人吃吧。只要吃了这些，你的病今晚就会好了。"

头顶圆光的外国人依旧叼着水烟袋，露出饱含无限爱意的微笑。

"那么，你难道不吃吗？"

"我？我是不喜欢吃中国菜的。你难道不知道吗？基督耶稣从来都没有吃过中国菜的。"

南京的基督这样说完后，慢慢从紫檀椅上站起身来，从背后在早已惊呆的金花的面颊上，留下了慈爱的一吻。

\* \* \* \*

当天堂之梦醒来时，秋天的晨曦已带着几分微寒映照在狭小的房间里。但垂着落满尘垢的帷帐的小船状睡床上，还残留着略带一丝余温的幽暗。浮现在幽暗之中半仰着的金花的脸上，一条辨不出颜色的旧毛毯遮住了她浑圆的下颌，一双闭着的睡眼还没有睁开。毫无血色的面颊上，乱发因昨夜的汗水油腻地贴在上面。微微张开的嘴唇的缝隙中，隐约可见糯米般细密的皓齿。

金花即使在醒来之后，依然久久地让自己的意识徘徊在菊花、水声、烤野鸡、基督耶稣等种种梦境的记忆中。但不一会儿，床的四周就渐渐亮了起来，昨晚和一个奇怪的外国人一起睡在这张藤条床上的无法躲避的现实，清晰地渗入到她的意识里。

"万一把病传给了那个人的话……"

金花一想到这里，心情陡然暗淡下来，她感到早晨醒来后，自己已经很难面对他。但既然醒来了，便无法控制住自己不去看那张令她备感留恋的晒得黝黑的脸。于是，在犹豫了片刻后，她终于怯生生地睁开双眼，环顾已被照亮的睡床，可是令她感到意外的是，床上只有她自己盖着毛毯，那个酷似十字架上的耶稣的外国人，已经连人影都见不到了。

"那么，那也是在做梦了？"

金花掀掉满是污垢的毛毯，从床上坐起身来。她用两手揉了揉眼睛，然后揭开垂着的帷帐，睁着惺忪的双眼环视屋内。

早晨冰冷的空气，几近残酷地勾画出房间内一切物什的轮廓。破旧的桌子，熄掉的油灯，一把倒在地上，一把靠在墙上的椅子……一切都是昨晚的样子。不止这些，就连桌上那架小小的铜铸十字架，也依然在散落着的西瓜子中间，散发着暗淡的光芒。金花眨了眨发晕的眼睛，茫然环顾着四周，久久地侧身坐在凌乱的床上。

"果然不是梦。"

金花一面低语，一面思忖着那个奇怪的外国人各种可能的行踪。其实即使不去思忖，也能轻易想到，他有可能趁她熟睡的时候溜出房间走掉了。可是，曾经那样爱抚过她的人竟然不辞而别，这对金花来说，与其说是不能相信，毋宁说是不忍相信。并且，就连那个奇怪的外国人答应好的十美元，她都忘记索要了。

"难道真的走了吗？"

她手抱着前胸，正要拿起脱在毛毯上的黑缎面上衣披在身上。突然间停住了手，面颊上转瞬间便现出了鲜活的血色。是因为从漆门外传来了那个奇怪的外国人的脚步声？抑或是因为他留在枕头和毛毯上的酒气偶然唤起了昨晚令人羞涩的记忆？不，金花在这一瞬间，注意到了发生在她身上的奇迹——在这一夜之中，她的恶性杨梅疮竟然不留痕迹地治愈了。

"那么，那个人真的就是圣主基督了。"

她不顾只穿着衬衣便跌跌撞撞爬下床，跪在了冰冷的石板上，如同曾与复活后的圣主交谈的美丽的抹大拉的玛丽亚一样，献出了她虔诚的祈祷。……

三

第二年春天的一个晚上，那个曾经造访过宋金花的年轻的日本旅行家，再次与她在昏暗的灯光下隔桌而坐。

"还挂着十字架啊。"

那天晚上，当他嘲弄般随意讲了这样一句之后，金花立即认真起来，开始将那一晚上基督降临南京为她治好了病的不可思议的事情说给他听。

年轻的日本旅行家一边听着，一边独自暗想："我认识那个外国人。那个家伙是日本人和美国人的混血儿。名字应该叫 George Murry。那家伙曾经跟我一个在路透电报局做通信员的朋友得意洋洋地炫耀过他如何在南京嫖了一个信基督教的私窝子，然后趁她熟睡时溜之大吉的事情。我上次来访时，正好他也和我住同一家上海的旅馆，所以现在都还记得他的长相。据称在一家英文报社担任通信员，但其实品行颇差，与看起来的堂堂仪表相去甚远。后来，那家伙由于得了恶性梅毒，终于疯掉了，或许就是被这个女人传染的。可是这个女人到现在还认为那个无赖的混血儿就是基督耶稣。我到底是应该为她开启蒙昧，还是保持缄默，让她永远沉浸在西洋古老传说一般的梦境之中呢？……"

金花讲述完之后，他像回过神来似的擦燃一根火柴，抽起了味道极重的雪茄，而后故作热心地追问道："是吗？那真是不可思议啊。可是……那之后一次都没有复发吗？"

"是的，一次都没有。"

脸上熠熠生辉的金花一边嗑着西瓜子，一边毫不犹豫地回答道。①

（本篇发表于 1920 年 7 月的《中央公论》。）

---

① 本篇最初发表于 1920 年 7 月的《中央公论》。文末有作者附记："起草本篇时，仰仗谷崎润一郎所作《秦淮一夜》之处不少。附记以表谢意。（作者）"

# 湖南的扇子

除了广东出生的孙逸仙之外，著名的中国革命家——黄兴、蔡锷、宋教仁等都出生于湖南。不必说，这一定是与曾国藩、张之洞的感化有关。但要对这种感化予以说明的话，就不得不将湖南之民的那种不服输的气质考虑在内。我去湖南旅行时，偶然遇到了一件颇具小说性质的不入流的小事件。通过这一小事件，或许可以看到富于热情的湖南之民的真面目。

\* \* \* \*

大正十年①五月十六日下午四时左右，我乘坐的沅江丸号停靠在了长沙码头。

我在几分钟之前，就站在甲板上倚着栏杆，眺望从左舷方向渐渐逼近的湖南的府城。

阴云笼罩的山脚下，由白色墙垣和房瓦堆积起来的长沙城，比想象的还要破旧。虽然在狭窄的码头一带能够见到一些新建的红砖洋房和大叶柳，但与饭田河岸②的景观也没有什么两样。当时，我对长江沿岸大多数城市的梦想都已彻底幻灭，所以事先就料想长沙必定也是一样，除了猪以外就没什么可看的东西了。即便如此，眼前寒酸的景象，仍然带给我近于失望的心情。

沅江丸号仿佛听顺于命运的安排一般慢慢靠近码头。随之，湘江深蓝色的水面也变得越来越窄。这时，一个穿着破烂的中国人，提着一个提篮似的东西，猛然从我眼前一蹿，跳到了栈桥上。动作之快超过常人，几乎近于蝗虫。正惊讶间，又有一个挑着扁担的也灵巧地越过水面。接着，两个、五个、八个……转眼之间，我就被无数跳上栈桥的中国人淹没了。这时，船已在不知

---

① 公元 1921 年。
② 位于东京千代田区饭田桥的外护城河的沿岸。

不觉之间，稳稳停靠在红砖洋房和大叶柳并齐排列的河岸边了。

我终于离开了栏杆，开始寻找同社的Ｂ君。已经在长沙待了六年的Ｂ君，今天特意来沅江丸号接我，我却始终看不见他的踪影。而且，在舷梯前上上下下的都是或老或少的中国人，他们拼命地挤来挤去，口里还大声叫嚷着。特别是一个老绅士在下舷梯的时候，还回过头去殴打身后的苦力。这对于一路逆江而上的我来说，都已经司空见惯了。不过，这倒也不是什么值得为此向长江表示感谢的事情。

我渐渐有些焦躁不安，再一次倚着栏杆，朝着人来人往的码头望去。那里，且不说是我要找的Ｂ君，就连一个日本人的影子也见不到。但我在栈桥对面枝繁叶茂的大叶柳树下，发现了一位中国美人。她穿着淡蓝色的夏装，胸前挂了枚金属饰件，看上去像个孩子一样。在我看来，也许仅凭这一点，我就已被她深深吸引住了。她望着高高的甲板，涂着口红的唇角露出微笑，像是在和谁打招呼似的，将一把半开的扇子遮在了额头上。……

"嗨！"

我吃了一惊，回头一看，不知何时，身后站了一个穿灰色大褂的中国人，脸上堆满了和善的微笑。我一时没有认出是谁，但随即便从他的脸上，特别是从他那稀疏的眉毛上，辨认出了这位旧友。

"噢，原来是你啊！对了，你是湖南人。"

"是的，我在这里从医执业了。"

谭永年是和我同期从一高①升到东大医科的留学生中的才子。

"你今天是来接人的？"

"嗯，你猜猜是来接谁？"

---

① 第一高等学校。日本旧制公立高等学校之一，设立于1886年，前身为东京大学预备班。

"不会是来接我的吧？"

谭抿住嘴，笑着做了一个鬼脸。

"我正是来接你的啊！B君不巧在五六天前得了疟疾。"

"那么，是B君托付你来的喽？"

"不用他托付，我原本也打算来的。"

我想起了他从前就待人和善的往事。谭在我们的寄宿生活中，从来没有给任何人留下过坏印象。如果说在我们中间他多少有些受人非议之处的话，正如同室的菊池宽所说，那也正是他过于不给任何人以坏印象的地方……

"可是给你添麻烦，就太过意不去了。实际上，连我的住宿也全都拜托给B君了的……"

"关于住宿已经跟日本人俱乐部说好了，住上半个月或者一个月都没有问题。"

"一个月？别开玩笑了！能让我住上三个晚上就足

够了。"

谭或许因为惊讶，脸上的笑容立即不见了。

"仅仅住三个晚上？"

"嗯，当然，要是能看到土匪斩首的话另当别论……"

我这样回答道，心里猜想这句话或许会让谭永年皱起眉头来。可是，他的脸上却再次恢复了和善的笑意，丝毫没有介意地说："那样的话，你要是早来一个星期就好了。你看，那边不是有块空地吗？……"

那块空地就在红砖的西式洋房前面，正好是在那株枝繁叶茂的大叶柳树下。但刚才树下那个中国美人，不知何时已经不见了踪影。

"前几天在那里，有五个人被同时砍了头。看，就是那片狗走过的地方……"

"没看到真是可惜啊！"

"惟独斩首在日本是看不到的。"

谭大笑之后，表情有些认真起来，但马上话题一转说："那我们走吧！车还在那边等着呢。"

＊　　＊　　＊　　＊

在谭的一再邀请下，我们在第三天的十八日下午，去游览湘江对岸岳麓山上的麓山寺和爱晚亭。

两点左右的湘江江面上，我们乘坐的汽艇从被居住此地的日本人称为"中之岛"的三角洲右侧向前方行驶。晴空万里的五月天，使两岸的风景显得格外秀丽。我们右侧是连绵的长沙城，白墙、房瓦闪耀着光芒，看上去已没有了昨天那般的阴郁。垒砌着长长石墙的三角洲上，生长着茂盛的柑橘林，而且随处可以窥见小巧的西式洋房。挂在洋房之间的晾衣绳上的衣服也反射着阳光，显得饶有生气。

谭为了便于向年轻的船主下达命令，一直站在汽艇的船首。但其实他也并没怎么下达命令，而是始终不停地和我搭话。

"那就是日本领事馆。……可以用这个望远镜看。……右边是日清汽船公司①。"

我叼着雪茄，一手搭在船沿外侧，欣赏着不时飞溅到我手指上的湘江水势。谭说话的声音是进到我耳鼓里的唯一噪音。但是，按照他所指的方向环视两岸的风景，也并没有让我感到任何不快。

"这个三角洲叫做橘子洲……"

"啊，有老鹰在叫。"

"老鹰？……噢，这里有很多鹰的。在张继尧和谭延闿打仗的时候，当时很多张的属下的尸体顺着江水流到这里，一具尸体上马上就会有两只三只老鹰落下……"

正当谭讲到这里时，另一艘汽艇在相隔七八米处与我们的汽艇擦身而过。那艘艇上除了身穿中式服装的青年男子，还坐着两三个浓妆艳抹的中国美人。其实最初

---

① 由日本邮船、大阪商船、湖南汽船、大东汽船联合于1907年在长沙设立的公司，经营湘江航运。

我并没有留意到那几个美人，而是一直在注视着那艘汽艇乘风破浪的雄姿。可是谭刚把话说到一半，一看到他们的身影，突然像发现仇人般赶忙把望远镜递给我。

"快看那个女人！那个坐在船头上的女人。"

我是一个越是这样被人催促便越是要刨根问底的人，这是从父母那里遗传来的倔强的根性。那艘汽艇飞驶过后的浪花冲洗着我们的船帮，弄湿了我的袖口。

"为什么？"

"嗨，先别问为什么，快点看！"

"是美人吗？"

"对对，美人！美人！"

他们乘坐的汽艇已经离开了将近二十米远，我才慢慢扭过身子，调节望远镜的焦距。那艘汽艇给了我一种突然向后方退去的错觉。在圆圆的镜头里的风景中，那个女人正斜着身子，好像在听别人说话，脸上不时地露出微笑。下巴方方的她除了一双大眼睛之外，并没感觉有什么特别漂亮的地方。但她额前的刘海和身上淡黄色的夏装随风飘动着，远远地看去确实也很漂亮。

"看见了吗？"

"嗯，连睫毛都能看得见，可是也不怎么漂亮啊。"

我转过头来面对着一脸得意的谭问道。

"那个女人到底怎么了？"

谭不似往常一样滔滔不绝，而是慢悠悠点燃了一支香烟，反问说："昨天不是跟你说过吗？在栈桥前面那块空地上有五个土匪被斩首了。"

"嗯，我还记得。"

"那一伙人的老大叫黄六一，他也被斩了。据说他右手拿步枪，左手拿手枪，能同时开枪打死两个人，在湖南是恶名远播之徒。……"

谭开始讲起了黄六一一生的恶行，他所说的绝大部分内容好像都来自报纸上的报道。但所幸那些故事并不十分血腥，反而极富于浪漫色彩。诸如黄六一生前被走私团伙称为黄老爷；从湘潭一个商人的手里抢过三千元大洋；曾经将腿部被枪弹击中的副头目樊阿七扛在肩头游过了芦林潭；在岳州的山路上曾枪击了十二个步兵等等……谭非常热心地讲述着这些故事，甚至让人觉得他对黄六一近乎崇拜一般。

"你要知道，那家伙据说犯下的杀人、掳人案共达一百一十七件。"

他不时在叙述中插入这样的注解。当然只要土匪并未带给我任何危害，我也绝非讨厌土匪。只是，大多是些大同小异的勇武之谈，这多少让我感到有些乏味。

"那么，那个女人是怎么回事呢？"

谭这才咧着嘴角笑着，讲出了正如我所预料的答案。

"那个女人就是黄的情妇。"

我没有像他所期待的那样发出惊叹。但如果只是一脸漠然地叼着雪茄，也未免稍嫌尴尬。

"呵，土匪也是很风流的嘛。"

"哪儿呀，像黄这样的还不算什么呢。前清末年有一个姓蔡的强盗，月收入能达一万大洋以上。这家伙在上海的租界外边有个豪华的洋楼，不要说太太，连小老婆都……"

"那么，那个女人是妓女吗？"

"嗯，是一个叫做玉兰的妓女，在黄生前也是相当威风的。……"

谭好像想起了什么，缄口沉默着浅浅微笑。不一会，他扔掉了香烟，认真地和我商量说："在岳麓山有一所湘南工业学校，咱们先去参观一下怎么样？"

"嗯，看看也无妨。"

我的回答有些犹豫，那是因为昨天早晨去参观一所女子学校时，那里异常强烈的排日气氛给我带来了诸多不快。可是我们乘坐的汽艇却没有顾忌我的心情，绕着"中之岛"前端转了一个大弯后，便在碧晴的水面上径直朝岳麓山驶去。

＊　　＊　　＊　　＊

那天晚上，我和谭一起登上了某妓馆的楼梯。

我们走进一个二楼的房间，那里中间摆放的桌子，以及椅子、痰盂、衣柜等屋里的摆设与上海和汉口的妓馆没什么两样。只是在房间天井的一个角落里，一个做工精细的铜丝鸟笼挂在玻璃窗旁。笼子里有两只松鼠全无声响地在栖木上跳上跳下。这个鸟笼和挂在窗子及门上的红印花布一样，都是未曾见过的稀罕物。但至少在我的眼里，都是些让人不舒服的东西。

到房间里来接待我们的是一个微胖的老鸨。谭一见到她，便和她喋喋不休地交谈起来。老鸨也使出浑身解数，殷勤而圆滑地应答着。可他们说的话，我一句也听不懂。（这当然是因为我不懂中国话的缘故。但据说即使能听懂北京的官话，也未见得听得懂长沙的方言。）

谭与老鸨说完话后，与我在红木桌旁相对而坐，然后在老鸨拿来的活版印制的局票上开始填写妓女的名字。张湘娥、王巧云、含芳、醉玉楼、爱媛媛……那些名字对于我这个旅行者来说，无一不和中国小说中女主人公的名字格外地相称。

"把玉兰也叫上吗？"

我虽然想回话，不巧老鸨正递来一根擦着的火柴为我点烟。谭隔着桌子看了我一眼，毫不犹豫地挥笔写了下去。

这时，阔步走进来一个戴着细细的金丝边眼镜，气色极佳、脸蛋浑圆的妓女。她穿着白色夏装，上面镶着的几颗钻石闪闪发光，体格如同网球选手或游泳健将一般。在她身上，我感受到的既不是美丑也不是好恶，而是一种奇妙而痛切的矛盾。她和这个房间里的空气，特别是和那鸟笼里的松鼠显得格格不入。

她用眼神和我打了个招呼，然后就欢跳似的走到了谭的身边。在他旁边坐下之后，将一只手放在他的膝盖

上，声调婉转地和他聊起来。谭自然也是十分得意地
"是了是了"地应答着。

"她是这家妓馆的妓女，名叫林大娇。"

被他这样一说，我马上想起，谭原本是长沙城里少
有人能攀比的富家子弟。

十分钟过后，我们依然相对而坐，开始享用有木
耳、鸡肉、白菜之类四川风味的晚餐。除了林大娇外，
又来了一群妓女将我们团团围住。在她们身后，五六个
戴着鸭舌帽的男人操琴而坐。妓女们时而坐下来，用仿
佛是被胡琴吊得高高的音调尖声唱起曲来。当然，我并非
对此全无兴趣，只是比起京调的《挡马》或者西皮调的
《汾河湾》来，我对坐在我左边的一个妓女更感兴趣。

在我左边坐着的，正是我前天在沅江丸号上看到的
那个中国美人。她那淡蓝色的夏装上依然挂着金属饰
件。可在近处一看，她虽然有着病态般的柔弱，却没有
那种未经世事的纯真。我看着她的侧脸，想起了在背阴

的土地上生长的小小的球根。

"喂，坐在你旁边的……"

谭因为喝了老酒而涨红的脸上依然笑容可掬，他隔着盛满了虾的盘子突然对我说道。

"她叫含芳。"

我看了一下谭，不知为何顿时失去了将前天的事情告诉他的兴致。

"这个人说话很好听，R 的发音跟法国人一样。"

"嗯，她是在北京出生的。"

含芳好像知道我们在谈论关于她的话题。她一边不时地用眼睛瞟我，一边语速极快地跟谭问答着。但是如同哑巴一样的我，此时除了比较着二人的表情之外，便一筹莫展了。

"她问我你什么时候来的长沙，我说你是前天来的，她说她前天也去码头接人了呢。"

谭对我翻译完后，又和含芳聊了起来。她两腮含笑，像个小孩子一样一个劲地摇头。

"嗨，无论怎样她也不肯坦白。我问她接的是谁。……"

这时，林大娇突然用手中夹着的香烟指着含芳说了句什么，好像是在嘲笑她。含芳似乎非常惊讶，一下将两手压在我的膝上。终于渐渐恢复了笑容之后，马上回击了一句。我不由得对这个戏剧性的场面，以及这个场面背后隐藏着的她们之间相互很深的敌意，抱有极大的好奇心。

"喂，她说什么？"

"她说不是去接谁，是去接妈妈的。而刚才这里的一位先生说她是去接一个长沙的叫×××的戏子的。"（不巧的是惟独那个演员的名字我没记在笔记上。）

"妈妈？"

"妈妈指的是干妈，是指收留她和玉兰等人的妓馆的鸨母。"

谭回答完我的问题，喝光了一杯老酒，马上滔滔不
绝地说起来。除了"这个这个"之外，我一句也听不
懂。但是只见老鸨和妓女们都饶有兴致地听着，好像说
的是她们感兴趣的话题。而且她们还不时朝我瞥上一
眼，由此看来，她们的话题至少有一部分和我相关。我一
度装作若无其事地叼着烟卷，但最后也终于沉不住气了。

"混蛋！你在跟她们说些什么？"

"啊，我说今天我们在去岳麓山的路上碰见了玉
兰。然后……"

谭舔了舔上唇，兴致勃勃地继续说道。

"然后告诉她们，你特别想看斩首。"

"什么呀，真没意思！"

我听了他的解释，不但对尚未露面的玉兰，就连对
她的朋友含芳也没有了多少同情心。可是当我看到含芳
的表情时，理智上我已清楚地了解了她的心情。她摇荡
着耳环，在桌下的膝盖上反复摆弄着手帕，解开又系

上，系上再解开。

　　"那么，你看这个也没意思吗？"

　　谭从身后老鸨的手里接过一个小纸包，得意洋洋地将它打开。又打开一层后，里面包着一片像薄脆饼大小的巧克力色的、已经发干了的奇怪东西。

　　"什么呀？那是。"

　　"这个吗？这不过是块饼干嘛。……我不是跟你说过一个叫黄六一的土匪头目吗？这上面沾了黄首级上的血。这可是在日本见不到的。"

　　"拿那种东西做什么用呢？"

　　"做什么用？当然是吃喽！这一带到现在还相信吃了这个可以除病消灾呢。"

　　谭一脸晴爽地微笑着，跟正要离开桌子的两三个妓女寒暄应酬了几句。当他看到含芳也站起来想离开时，便几乎乞求般地笑着说了句什么，然后举起了一只手，指向了坐在对面的我。含芳稍微犹豫了一下，终于还是露出笑容，又在桌前坐了下来。我觉得她特别可爱，便避开众人的眼睛，偷偷握住了她的手。

"这样的迷信实属国耻，我作为医生从职业的角度曾不厌其烦地劝说过，可是……"

"这只是因为有斩首这回事，在日本也有吃烧焦的人脑的呢。"

"怎么会？"

"没有什么会不会的，我就吃过。当然还是在很小的时候。……"

我在说话的时候注意到玉兰走了进来，她站着和老鸨说了几句话，然后在含芳旁边坐下来。

看见玉兰来了，谭又把我撂在了一边，和她亲热地攀谈起来。她比在外面从远处看时又漂亮了几分。每当笑的时候，便会露出一口雪白的牙齿，牙齿像珐琅般熠熠发亮，煞是好看。但我从她整齐的牙齿不觉联想到了松鼠。松鼠这时仍然在挂着红印花布的玻璃窗旁的鸟笼里熟练地跳上跳下。

"来，吃一口怎么样？"

谭掰了一块饼干，掰开的饼干的断裂处也是同样的颜色。

"净说混账话！"

我当然摇头拒绝了。谭大声笑着，又拿着饼干劝身边的林大娇吃。林大娇皱了皱眉，斜着身子把他的手挡了回去。他反复和几个妓女开着同样的玩笑，一来二去，最后他依然是一脸堆笑地把褐色饼干递到了不动声色的玉兰面前。

我突然有一种想要闻一闻那块饼干的冲动。

"喂，让我也看一看！"

"嗯，这边还有一半。"

谭像个左撇子一样把剩下的那一片扔给我。我从碟子和筷子中间把那薄薄的一片拿起来，但好不容易拿起来后，却突然失去了闻一下的兴致，默默地把它丢到桌子底下。

这时，玉兰看着谭，跟他说了两三句话。然后接过饼干，面对盯着她的一桌人语速极快地说了句什么。

"我给你翻译一下如何？"

谭把胳膊抵在桌上用手托着下巴，用已经不太利索的口齿向我问道。

"嗯，你翻译一下吧。"

"听着，我逐字逐句地翻译。我非常高兴地品尝我深爱的……黄老爷的血。……"

我感觉到身体在颤抖，那是扶在我膝盖上的含芳的手在颤抖。

"诸位也请像我一样，……将你们所深爱的人……"

谭的话还没有说完，玉兰已经开始用她那漂亮的牙齿嚼动那片饼干了。

\* \* \* \*

我按预定行程住了三个晚上，在五月十九日下午五点左右，同来时一样，又将身子靠在了沅江丸号甲板的栏杆上。白色墙垣和房瓦堆积起来的长沙城依然令我不快，这或许也是受渐渐逼近的暮色的影响。我叼着雪茄烟，不时想起谭永年那张总是堆着笑的脸。可是，不知道为什么，谭永年没有来送我。

沅江丸号从长沙出发的时候，大约是在七点或七点半。我吃过饭，在船室里昏暗的灯光下，开始计算这几天的停留所花掉的费用。眼前不足两尺长的一张小桌上放着一把扇子，粉红色的流苏垂在桌边。这把扇子，是在我来之前什么人把它忘在这里的。我拿着铅笔计算着，又不时地想起谭永年的脸。我不太明白他那样折磨玉兰的原因，但是停留期间花去的费用，我至今还记得十分清楚，换算成日元正好是十二元五角。

（本篇发表于 1926 年 1 月号、2 月号《中央公论》。）

# 芥川龙之介小说深度阅读推荐篇目

（以作品发表时间为序）

秦　刚

**推荐篇目之一：《罗生门》（1915）**

日本现代小说中的名作之一，也是迄今日本初高中《国语》教材收录次数最多的现代文学作品。根据《今昔物语》的一个故事改编而成，讲述的是一个失业的仆人在罗生门变身为强盗的故事。发表这篇小说时，芥川龙之介就读于东京帝国大学英国文学系三年级。作为步入文坛的处女作，《罗生门》已经毕现出芥川龙之介小说创作的鲜明特点。王权倾颓、都城衰微的时代背景下，尸骨横陈、鬼魅出没的罗生门的世界，既承袭了日本江户时期怪谈文艺的谱系，又能看出欧洲世纪末文学的投影。从东西方文学中双向汲取文学滋养，这是芥川龙之介之所以能开拓出独特的历史题材小说类型的一个关键。后来，芥川龙之介还在很多小说中刻画过各类盗贼，但每个盗贼都不是简单的脸谱化的人物。鲁迅是小说《罗生门》最早的汉译者，在他的《故事新编》里能够看到芥川龙之介历史小说模式的影响。

推荐篇目之二：《地狱图》（1918）

又译《地狱变》。以平安时期为背景，讲述了当朝第一画师良秀绘制"地狱变屏风图"的故事。良秀以眼前被烈火焚烧的自己的爱女为模特，在一种癫狂而又专注的状态下完成了屏风图的创作。这个高潮段落，具有一股撼人心魄的力量。画师良秀个性桀骜，试图以个人的艺术创作与权力和世俗相抗衡，甚至不惜以自己和女儿的生命为代价，追求艺术的终极价值。《地狱图》发表之后，芥川龙之介被冠以"艺术至上主义"的称号。
本篇的魅力之一，还在于小说独特的第一人称叙述。叙
述者是侍奉当权者的一位年老的家臣，他的特定视角的
叙述往往奉迎权势，对良秀常以偏颇之见贬损和抨击。
读者阅读至最后经过反刍，最终却达到了明贬暗褒、先
抑后扬的反转效果。这是作者在小说叙述技巧上的创新
性的尝试。


**推荐篇目之三：《奉教人之死》**（1918）


又译《基督徒之死》。芥川龙之介执着于表现基督
教徒殉教的主题，创作过多篇同类题材的小说，本篇是
其中的杰作之一。小说主人公蒙受令教徒之女怀孕生子
的不白之冤，被教会驱逐，以乞讨为生。最后却甘愿自
我牺牲，从火海中解救出令自己蒙冤之人的幼子。奄奄
一息的弥留之际，过火的残衣下露出女性的身体。被指

认触犯了奸淫罪的少年，原来是一位圣洁的少女，刹那间的升华与感动，成为芥川龙之介同时期文学创作的一个代表性的主题。小说虚设的讲述人，称这个故事来源于自己收藏的长崎耶稣会出版的一部圣徒言行录。故事引述部分，模拟了日本耶稣会口译《平家物语》的独特文体。小说发表后，立即有基督教文献研究的学者写信求借底本，得到芥川龙之介复函说明纯系小说家言的虚构之后，深为作家的小说笔法所折服。

**推荐篇目之四：《杜子春》（1920）**

现代日本童话的经典作品之一。芥川龙之介根据唐代传奇《杜子春传》创作了这篇童话。以收入《醒世恒言》的话本《杜子春三入长安》为代表，中国明清文学中也多有《杜子春传》的改编之作。而唐传奇《杜子春传》的故事原型，出自于玄奘述《大唐西域记》。芥川龙之介慧眼识珠，对杜子春成仙失败的故事以现代手法进行加工，打造出童话版的《杜子春》。其根本性的改造，在于植入了肯定现世的人本主义思想和成长主题。杜子春的故事跨越时空，在各个时代的叙事文学中被反复阐释和改写，构成了一个十分有趣的文学现象。芥川龙之介的《杜子春》，则提供了一个使传统故事脱胎换骨，在现代文学体裁中重获新生的范本。《杜子春》在台湾广为流传。黄春明改编的歌仔戏《杜子春》和蔡志忠漫画中的《杜子春》，承袭的都是芥川龙之介的童话版。

**推荐篇目之五：　《南京的基督》**（1920）

本篇小说以民国初期的南京为故事舞台，多有关于南京街巷和风物的描写，其想象力的来源是谷崎润一郎的随笔《秦淮之夜》。创作本篇时，作者尚未踏上过中

国的土地。以现实中国社会为背景、以普通中国人为主
人公的小说，在日本现代文学史上，本篇属于较早的一
例。作品从内容到主题，很大程度上体现了作者对于同
时代中国的认知与想象。金花坚信基督降临为自己治愈
了绝症，作者并未将她的执着的认定简单处理为蒙昧或
者迷信，而是以她从信仰中获取的力量，反衬出理性主
义的冰冷和现代启蒙主义的局限。金花是芥川龙之介塑
造的光彩夺目的女性形象之一。本篇作品1984年在台
湾曾被改编为电影《一代名妓小凤》。1995年，香港与
日本合作拍摄了故事片《南京的基督》。

**推荐篇目之六：《竹林中》**（1922）

这是一篇读后令人无法忘却的作品。它让人疑惑或
回味的时间，恐怕要远远长于阅读的时间。甚至，它有
可能动摇和改变读者看待事物、理解世界的方式。很难

再找到一部和它相似的小说了。笔者认为，这篇小说结构和叙述的视点，及其创造性、冲击力，都非常近似于毕加索的立体主义绘画。因此，笔者将其定义为一篇具有开创性的"立体主义小说"。黑泽明的电影《罗生门》的主要情节就是根据《竹林中》改编的。虽然黑泽明的影像作品和小说原作都是名作，但两者呈现出来的主题和世界观，却是截然不同的。在欣赏过黑泽明的电影之前就有机会阅读《竹林中》的读者是幸运的，可以经历一次不同寻常的阅读体验。看过电影的读者也有必要细读一下原作，小说的魅力根本不是电影所能轻易取代的。而且可以去发现两者之间的不同。

**推荐篇目之七：　《桃太郎》**（1924）

芥川龙之介在上海拜访章太炎时，受到章太炎以《桃太郎》的故事为例批判日本对外扩张政策的启发，回国三年后创作了这篇讽刺性的小品。近代以降的日本，各种文艺形式对民间传说《桃太郎》的改写层出不穷，但能够跳出桃太郎的视角，站在被他征讨和侵犯的一方，对这个故事里隐含的帝国主义、殖民主义意识进行讽刺和批判的，本篇几乎是唯一一部。《桃太郎》在第二次世界大战期间，被日本军方宣传机器大肆利用。日本海军省为宣传袭击珍珠港的胜利出资制作的日本首部长篇动画片《桃太郎的海鹫》（1942），以及两年后宣传海军登陆荷属太平洋西里伯斯岛的动画片《桃太郎 海之神兵》（1944），就是非常显著的例子。芥川龙之介早在 1924 年时，似乎就已洞悉了 1937 年后的日本的走向。

推荐篇目之八：《河童》（1927）

芥川龙之介晚期创作中最杰出的作品之一。通过精神病院 23 号患者的自述，讲述了主人公在河童国度里的见闻与经历。古今东西的各种文学形式中，"异域探访"都是一个有代表性的故事话型。中国有《桃花源记》，日本有《浦岛太郎》，英国有《格列佛游记》、《爱丽丝梦游仙境》。本篇作品是日本现代小说中此类话型的经典之作。小说虽然假托了一个虚构出来的、与人类社会既相悖又相似的河童的世界，但贯穿全篇的机警讽刺和犀利批判，却处处指向人类现实。反而比许多同时代的现实主义作品，更准确也更生动地刻画出了 20 世纪 20 年代日本社会真实而本质的一面。

**图书在版编目（CIP）数据**

河童/（日）芥川龙之介著；秦刚译. —上海：
上海译文出版社，2014.9（2022.9重印）
ISBN 978-7-5327-6710-6

Ⅰ.①河… Ⅱ.①芥… ②秦… Ⅲ.①中篇小说—日
本—现代 Ⅳ.①I313.45

中国版本图书馆CIP数据核字(2014)第146818号

河童
芥川龍之介

**河童**

〔日〕芥川龙之介 著 秦 刚 译
责任编辑／姚东敏 装帧设计／张志全工作室

上海译文出版社有限公司出版、发行
网址：www.yiwen.com.cn
201101 上海市闵行区号景路159弄B座
杭州宏雅印刷有限公司印刷

开本787×1092 1/32 印张5.5 插页9 字数51,000
2014年9月第1版 2022年9月第8次印刷
印数：22,001-24,000 册

ISBN 978-7-5327-6710-6/I·4045
定价：45.00元